KB171252

우연

어머니와 아버지. 전쟁 전인 1930년대 바르샤바에서

Chance
우연

그림책 작가, 유리 슐레비츠의 홀로코스트 생존 이야기

유리 슐레비츠 지음

서남희 옮김

시공주니어

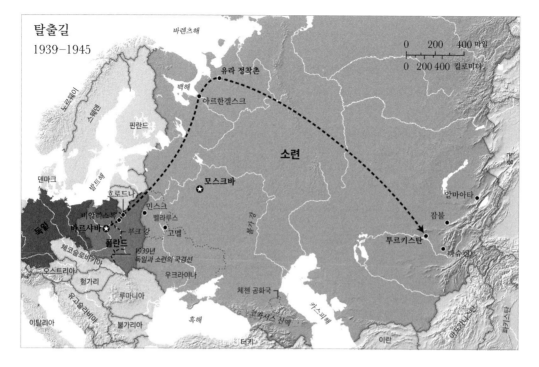

탈출길
1939-1945

바렌츠해
노르웨이
스웨덴
핀란드
백해
유라 정착촌
아르한겔스크
덴마크
발트해
소련
모스크바
호로드나
비아위스토크
독일
바르샤바
민스크
벨라루스
고멜
폴란드
부크 강
체코슬로바키아
1939년
독일과 소련의 국경선
오스트리아
헝가리
우크라이나
유고슬라비아
루마니아
체첸 공화국
볼가 강
카스피해
알마아타
잠불
투르키스탄
타슈켄트
이탈리아
불가리아
흑해
코카서스 산맥
터키
이란
0   200   400 마일
0   200 400 킬로미터

귀환길
1945-1947

백해
유라 정착촌
아르한겔스크
대서양
아일랜드
영국
노르웨이
스웨덴
핀란드
북해
덴마크
에스토니아
라트비아
발트해
리투아니아
소련
모스크바
투르키스탄으로부터
베를린
독일
엘베 강
바르샤바
민스크
벨라루스
센 강
파리
쾨니히스부르크
라이프치히
단첸
체코슬로바키아
브레슬라우
리비우
키이우
프랑스
이탈
오스트리아
브라티슬라바
즈메린카
우크라이나
하르키우
알프스 산맥
스타니슬라보프
헝가리
볼가 강
스페인
유고슬라비아
루마니아
체첸 공화국
코카서스 산맥
카스피해
지중해
이탈리아
불가리아
흑해
터키
0   200   400 마일
0   200 400 킬로미터

///// 차례

제1장
바르샤바

1

1939년 9월 1일, 평온한 바르샤바의 하늘에 나치 폭격기들이 요란

하게 날아들어 소이탄(높은 열을 내며 타는 약제를 추가해 만든 포탄 −옮긴이)

과 고폭탄(고성능 화약을 넣어 제작한 포탄 −옮긴이)을 퍼부어 댔다. 순식

간에 시작된 폭격으로 사방에 불이 나고 건물들은 잿더미가 되었다.

분노한 자연은 도로를 두드려 대는 폭우로 답했고, 공포에 휩싸
인 사람들은 살기 위해 갈팡질팡 뛰어다녔다.

처참하게 찢겨 나간 거리는 깊은 협곡이 되어 있었다.

도시의 모든 수도꼭지가 말라붙었다. 살아남은 사람들은 마시고 음식을 만드는 데 쓸 물을 비스와 강에서 길어 와야 했다. 폭격이 잠잠해진 틈을 타 무거운 물통을 겨우겨우 날랐다.

화재 연기는 모든 것을 회색으로 칠했다. 사방이 잿빛이었는데, 내가 살았던 아파트 근처의 폐허가 된 페인트 공장 안마당에는 붉은색, 노란색, 파란색 안료가 더미더미 높직이 쌓여 화려하게 빛나고 있었다.

나는 창밖을 바라보며 어리둥절했다. 내 눈앞에서 일어나고 있는 현실을 제대로 이해할 수 없었다. 비현실적이고 모든 게 아스라한 느낌이었다.

그날 늦게, 나는 식탁 앞에 앉았다. 어머니는 내 발에 새 부츠를 신기면서 말했다.

"이제 많이 걸어야 한단다."

그때 나는 네 살이었다.

2

매일 도시 곳곳에 폭탄이 떨어졌고, 어머니와 나는 집 안에만 있었다. 문과 창문을 아무리 꼭 닫아도, 지옥에서 들려오는 시끄러운 소리는 작은 우리 아파트의 방마다 윙윙댔다. 쉬이익 총알이 날아가고 폭탄이 터지는 끔찍한 소리는 무척 견디기 힘들었다.

이런 상황에서 나의 유일한 피난처는 그림이었다. 언제나 그리고, 그리고, 그렸다. 나는 막대기처럼 생긴 사람들을 그렸다. 내가 그린 막대 사람들은 아버지의 오래된 신문에서 내가 찾을 수 있는 빈 공간이라면 어디든 채워져 여기저기를 행진했다.

폭발음이 들릴 때마다 나는 눈을 감고 연필을 높이 들었다. 내 연필은 비행기가 되어 종이를 향해 초고속으로 날았고, 뾰족한 심으로 종이에 동그란 구멍을 뚫었다.

그것은 우연에 따르는 게임이었다. 막대 사람들은 이 무시무시한 연필 비행기를 피할 수 있을까? 그들이 맞게 될까? 우리가 맞게 될까? 우리는 폭탄에 맞아 죽게 될까? 굶어 죽게 될까?

며칠이 지나자 먹을 것이 얼마 남지 않았고 결국 어머니는 빵을 사러 밖으로 나가기로 했다. 하지만 어머니는 이 불확실하고 예측할 수 없는 시기에, 나만 덩그러니 아파트에 둘 수가 없었다. 그래서 나는 어머니를 따라나섰다.

우리는 어두운 복도로 나와 계단 쪽으로 갔다. 그때 나는 눈앞에 펼쳐진 광경에 헉하고 놀랐다. 계단에는 입을 쩌억 벌린 커다란 구멍이 나 있었다. 그것도 꼭대기층부터 맨 아래층까지.

각 층마다 구멍에 걸쳐 둔 좁다란 나무 널빤지가 위아래 층으로

가는 임시 다리 노릇을 했다. 널빤지는 간신히 걸어 올라가거나 내

려갈 만한 폭이어서 구멍을 완전히 덮기는 무리였다.

"무서워요. 안 내려갈래요."

내가 겁이 나서 내려가지 않겠다고 버티자 어머니는 단호한 말투로 말했다.

"내려가야 해. 조금이라도 먹지 못하면 몸이 약해질 거야. 이제 우리는 튼튼하고 용감해져야 해. 너만 두고 갈 수는 없어!"

어쩔 수 없었다. 고집부릴 때가 아니었다.

전에는 놀이 삼아 계단을 뛰어서 내려가기도 했지만 그 순간에는 악몽 같았다. 나는 와들거리며 꿀렁꿀렁한 널빤지를 조심조심 밟고 어머니를 따라 내려갔다. 분화구 안을 보지 않으려 애썼지만 내려가려면 볼 수밖에 없었다. 구멍을 보니 머리가 핑그르르 돌았다. 나는 중간중간 멈춰 서서 균형을 다시 잡아야 했다.

전쟁이 일어나기 전에 나는 아버지와 함께 바르샤바 동물원에 간 적이 있었다. 하마가 하품을 하느라 아가리를 쩌억 벌린 모습이 내 기억에 아직도 또렷했다. 마치 정육점에서 본 엄청나게 큰 도마만 한 거대한 이빨 두 개를 가진 깊은 동굴 같았다.

그리고 나는 이런 장면을 머릿속에서 생생하게 펼쳐 내는 상상력을 가졌다. 이건 축복일 수도, 저주일 수도 있다.

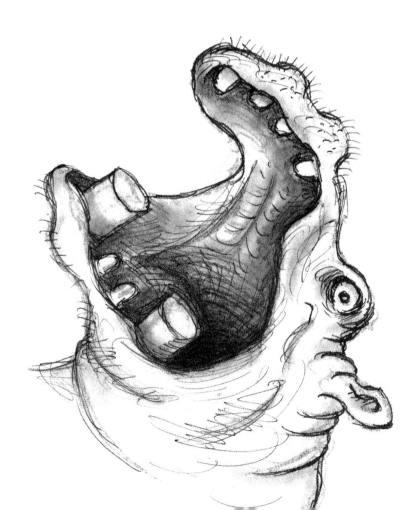

널빤지들을 밟고 내려가다 보니, 쩍 벌어진 하마의 아가리 같은 구멍이 나를 금방이라도 꿀꺽 삼켜 버릴 것만 같았다. 그런 다음엔 정육점 도마 같은 거대한 이빨에 잘근잘근 씹혀서 끔찍한 죽음을 맞게 되겠지.

나는 어찌어찌 아래층까지 내려갔다.

마침내 살아서
아파트 안마당에
내려오자,
안도의 한숨이
절로 나왔다.

어머니가 빵을 사기 위해 줄을 서 있는 동안 나는 옆에 비켜서 있었다.

다른 아이들은 이런 상황이 다 놀이 같은지
돌무더기를 뒤져서 탄피와 포탄 파편을
줍고 있었다.

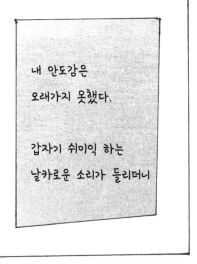

내 안도감은
오래가지 못했다.

갑자기 쉬이익 하는
날카로운 소리가 들리더니

쾅!

자욱한 먼지와 연기가
안마당을 덮쳤다.
아무것도 보이지 않았다.

얼마 후 연기가 가라앉았다.

방금 전 빵을 사려고 줄을 서 있던
사람들 몇 명이 죽어 쓰러져 있었고,
다친 사람들도 있었다. 모든 게
꿈만 같았다. 나는 얼어붙은 듯
꼼짝도 못하고 멍하니 그 광경을
바라보았다.
삶과 죽음의 경계는 사라져 버렸다.
1초 전엔 삶, 바로 뒤엔 죽음.

기적이었다! 어머니는 무사했다.

4

바르샤바에는 나치의 공습이 있기 전부터 앞뒤가 안 맞는 소문이 돌았다. 침략자들이 모든 남자들에게 강제 노동 동원령을 내린다는 소문이었다. 이 소문이 어디서 흘러나왔는지 확인할 수도 없었고 알기도 어려웠다. 그게 사실이든 아니든, 그 때문에 많은 젊은이들 이 바르샤바를 떠났다. 아버지도 이미 바르샤바를 떠나고 없었다.

어머니와 나만 집에 남아 공습을 견뎠다. 아버지와는 나중에 다시 만날 계획이었다.

아버지가 떠나자, 어머니는 몹시 불안해 보였다. 나도 살그머니 불안해졌다. 앞으로 우리는 어떻게 되는 걸까? 슬픔과 불안이 서린 어머니의 얼굴을 볼 때마다 나는 더더욱 불안해졌다. 그러나 어머니에게 한마디도 묻지 않았다. 돌아올 대답이 너무도 두려웠다. 어쨌든 어머니에게도 해결책은 없었으니까.

어머니만 그런 게 아니었다. 그 누구도 해결책이 없었다.

나치의 공격이 있고 나서 어떤 사람들이 찾아왔다. 그들은 어머니에게 아버지가 공습으로 사망했다고 전해 주었다.

5

4년 전, 나를 병원에서 집으로 데리고 왔을 때, 부모님은 아직 내 이름을 짓지 못한 상태였다. 아버지는 아기 침대에 누워 벽지의 꽃무늬를 열심히 바라보고 있는 나를 눈여겨보다가 어머니에게 말했다.

"우리 아이는 예술가가 될 것 같아. 이름을 '유리'라고 지읍시다. 성경에 나온 최초의 예술가인 베자렐의 아버지 이름인 유리를 따서 말이야."

어머니는 아버지의 말에 동의했고, 나는 유리가 되었다.

그때만 해도 유리라는 내 이름이 우리 가족의 생명을 구하게 될 줄은 몰랐다.

연필을 잡을 수 있는 나이가 되면서부터 나는 내가 예술가가 될 거라는 아버지의 예상이 옳았다는 것을 증명하느라 바빴다. 나는 우리 아파트의 벽을 낙서로 장식하기 시작했다. 벽에 낙서하기를 졸업한 뒤에는 아버지가 보는 신문의 여백에 막대 사람들을 그려 댔다.

내가 그린 막대 사람들은 오른쪽이나 왼쪽, 앞이나 뒤, 어디를 향하든 늘 정면을 바라보고 있었다. 어느 날, 어머니가 말했다.

"막대 사람들이 늘 앞만 바라보고 있네? 사람들이 옆을 바라볼 때도 있으니 옆얼굴도 그려봐."

옆얼굴? 그런 말도 세상에 있었나? 이런 놀라움이!

나는 어머니에게 옆얼굴을 어떻게 그리는지 보여 달라고 했다.

어머니는 신문지를 한 장 가져와 직접 그림을 그리며 가르쳐 주었다.

"먼저 동그라미를 그려. 이건 머리야. 그다음엔 작은 감자를 그려. 이건 코야. 그 감자를 동그라미에 붙이는 거야. 그다음엔 점을 찍어. 이건 눈이야. 이러면 옆얼굴을 그린 거지."

너무나 재미있어서 말이 안 나왔다! 그때부터 나는 막대 사람들이 왼쪽, 뒤, 앞, 어딜 가든지 옆얼굴로 그렸다.

이렇게 나는 예술가로 첫발을 내딛었다.

6

전쟁이 일어나기 전에 나는 두 가지가 매우 궁금했다.

첫째. '나폴레옹은 턱수염이 있었을까?'

예전에 아버지가 친지들에게 100년도 훨씬 전에 유럽 대부분의 땅을 정복했던 프랑스의 황제 나폴레옹에 대해 말하는 것을 들은 적이 있었다.

나폴레옹! 너무도 신비하고 매혹적인 이름이었다! 그때부터 나는 그가 어떻게 생겼는지 늘 궁금했다.

"아니야."

어머니가 말했다.

"나폴레옹은 턱수염이 없었단다."

둘째. '세상에는 끝이 있을까?'

나는 세상은 접시처럼 생겼고 그냥 접시보다 크기가 훨씬 더 클 뿐이라고 추리했다. 그래서 이 다음에 크면 세상 끝으로 가서 접시 밑에서 무슨 일이 일어나고 있는지 볼 생각이었다.

아버지에게 내 계획을 말했더니 이렇게 설명해 주었다.

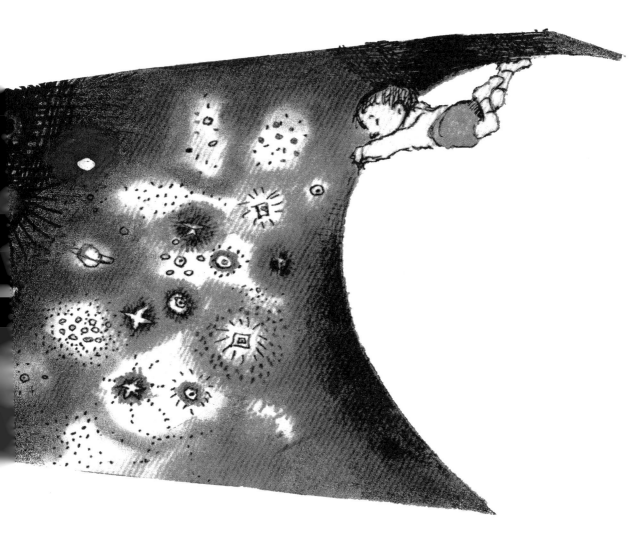

"아니야. 세상에는 끝이 없단다. 세상은 접시가 아니라 달걀처럼 생겼거든."

전쟁이 일어나자 모든 것이 바뀌었다. 두 가지 궁금증은 사라졌고 이제 내가 궁금한 건 단 한 가지뿐이었다.

'어떻게 살아남지?'

7

아버지는 죽지 않았다. 소문과는 달리 아버지는 가까스로 폴란드를 떠나 비알리스톡까지 갔다. 그곳은 전쟁이 일어나기 전에는 폴란드 땅이었지만 이제는 소련 땅이 되어 있었다.

아버지는 폴란드를 탈출한 수천 명의 난민 중 하나였다. 비알리스톡은 날마다 국경을 넘어온 난민들로 넘쳤다. 그러다 보니 살 곳과 일자리가 엄청나게 부족했다. 다행히 아버지는 운이 좋았다. 우연히 살 곳을 찾은 데다, 아이스크림 공장에서 일하며 간판을 칠하고 트럭을 장식했던 경험을 살려 소비에트(소련의 자치기관이자 권력 기관 ─옮긴이)의 슬로건을 현수막에 그리는 일자리를 얻었기 때문이다.

비알리스톡의 상황이 불만스러웠던 많은 난민들은 나치가 점령한 폴란드로 다시 돌아가기로 했다. 아버지는 일자리와 살 곳이 있었지만 행복하지 않았다. 아버지는 외로웠다. 가족이 그리웠고 그들만 두고 떠난 게 옳은 결정이었는지 고민했다. 그래서 바르샤바로 돌아가기로 마음 먹었다.

다시 국경을 넘기 위해 아버지는 비알리스톡에서 열차를 타고 소련과 폴란드 국경에 있는 작은 마을로 갔다.

아버지는 기차역에 있는 버려진 창고 쪽으로 걸어갔다. 창고 뒤편에 사람 한 명이 기어서 겨우 통과할 만한 구멍이 있었는데, 사람들은 이곳을 통해 몰래 국경을 넘고 있었다.

아버지 역시 소련 국경에서 폴란드 국경으로 기어가려고 했는데,

한 젊은 유대인이 폴란드 쪽에서 기어들어 왔다.

그는 잔뜩 겁먹은 것 같았다. 그가 아버지를 보고 물었다.

"유대인인가요?"

아버지는 고개를 끄덕였다.

"나치가 점령하고 있는 폴란드로 돌아가시려고요?"

젊은이의 물음에 아버지는 말했다.

"네. 아내와 어린 아들, 다른 가족들도 남겨 두고 왔거든요."

그 젊은이는 어이없어 하며 아버지를 쳐다보았다.

"정신이 나갔어요? 내가 방금 탈출한 지옥으로 돌아가겠다고요?
부인과 아이에게 이쪽으로 넘어오라고 하세요!"

그는 아버지의 팔을 붙잡고 말했다.

"따라오세요. 저와 함께 비알리스톡으로 가는 열차를 타요."

그러고는 억지로 아버지를 기차역으로 끌고 가며 말했다.

"언젠가 내 충고를 고마워하게 될 겁니다."

9

아버지가 가족들과 다시 만나기 위해 나치 치하의 폴란드로 돌아왔더라면 우리의 운명은 그들과 같았을 것이다. 죽음.

이렇게 말하는 사람도 있을 것이다.

"소련을 떠나려고 했던 바로 그 순간, 구멍을 빠져나오고 있던 젊은이를 만난 건 순전히 '우연'이었다."

종교적 관점으로 바라보는 이들은 그건 우연이 아니라 신의 손길이었다고 주장할 수도 있다. "젊은이는 아버지가 폴란드로 돌아가지 못하게 하느님이 보내신 사람이다."라고.

하지만 내 부모님은 종교가 없다. 그런데 왜 신의 손길이 그들의 생명을 구했을까? 또 자기가 믿는 종교를 사랑하고 헌신하며 모든 계명을 지켰던, 신심 깊은 내 할아버지는 왜 나치의 손에 비참하게 죽어야 했을까? 왜 신은 그에게 도움의 손길을 내밀지 않았을까?

나는 답을 모른다.

비알리스톡과 바르샤바 사이에는 난민들의 우편물을 몰래 전해
주는 비밀 우편 배달 서비스가 있었다. 아버지는 그것을 통해 어머
니에게 편지를 보내 비알리스톡으로 와 달라고 했다.

아버지의 편지를 받은 우리는 뛸 듯이 기뻤다. 아버지가 살아 있
다니!

나치의 폭격 때, 우리 집 방 하나에 불이 났었다. 어머니는 남아
있는 살림살이들로 작은 짐을 꾸렸다. 담요 하나, 침대 시트 두 장,
사진 두 장, 그리고 옷 몇 벌이었다.

우리가 떠날 시간이 되자, 이모와 외삼촌, 외사촌들이 작별 인사
를 하러 왔다. 외삼촌이 말했다.

"제발 떠나지 마. 비알리스톡 난민들의 상황이 비참하대. 사람은
넘치고 일자리와 살 곳은 부족하다니 차라리 매제에게 이곳으로 돌
아오라고 해. 앞으로 우리의 운명이 어떻게 되든 다 같이 있어야 하
지 않겠어?"

외사촌들은 울면서 우리와 함께 비알리스톡으로 가게 해 달라고 외삼촌에게 애원했다. 하지만 외삼촌은 허락하지 않았다.

어머니는 비알리스톡에서 아버지와 함께하겠다는 결심이 컸기에 마음을 바꾸지 않았다.

브로니아 이모와 어머니

어머니는 소련 국경 근처까지 우리를 데려다줄 밀수꾼의 트럭에 자리를 마련했다. 떠나기 전날 밤, 어머니와 나는 잠을 못 이루었다. 아침이 머뭇머뭇 밝아졌다. 마치 밤이 마지못해 눈을 뜨고 폐허가 된 세상을 바라보는 것 같았다.

부슬비가 내렸다. 아직은 어슴푸레했다. 우리는 뚜껑 없는 트럭 뒷자리에 있는 딱딱하고 긴 벤치에 앉았다. 벤치마다 우울하고 불안한 얼굴의 사람들이 앉아 있었다. 앞으로 어떻게 될지 두려웠다.

나는 어머니 옆에 붙어 앉아 추위와 두려움에 부들부들 떨었다.

가끔 누군가가 숨죽여 소곤거렸지만 대부분

침묵하며 앉아 있었다. 우리는 눈에 띄고 싶지 않았다.

한동안 달리던 트럭은 나치의 폭격으로 파손된 도로를 보수하는 폴란드인 작업자들을 지나쳤다. 우리를 본 그들은 일손을 멈추고 소리를 질렀다.

"*지지 도 팔레스티니*(팔레스타인으로 꺼져, 유대놈들아)!"

그들은 자신들의 진짜 적이 누구인지 잊었나?

눈에 띄지 않기는…… 후유.

어찌된 일인지 우리는 검문을 받지 않고 가까스로 바르샤바에서 벗어났다. 밀수꾼의 트럭을 얼마나 오래 탔는지 기억나지 않는다. 어느 순간, 트럭은 나무가 우거진 곳 근처에서 멈췄다.

밀수꾼들은 말썽 없이 올 수 있는 가장 먼 곳까지 온 거라고 말했다. 그들은 우리에게 동쪽 국경 방향을 알려 주었다.

어머니가 예상했던 대로, 그때부터는 많이 걸었다. 처음에는 숲을 지나고 다음에는 들판을 지나 도로를 따라 걷다 보니 마침내 부크 강에 이르렀다. 그 강은 나치 치하의 폴란드와 소비에트 치하의 폴란드 사이에 생긴 새로운 국경이었다. 나치가 폴란드를 침공하기 직전에 소련과 독일은 서로 공격하지 않기로 합의하는 조약에 서명했다. 침공 후, 이 협정의 비밀 조항에 따라, 소련은 폴란드 동부의 일부 지역을 차지했다.

그때는 나치가 폴란드를 점령한 지 얼마 되지 않아 체계적으로 유대인들을 체포하기 전이었다. 국경은 여전히 열려 있었다. 두 나라의 군인들은 우리를 무사히 통과시켜 주었다. 심지어 독일군의 어느 젊은 군인은 내 머리를 쓰다듬으며 사탕도 주었다. 나중에는 사탕이 아니라 총알 세례를 받게 될지도 몰랐다.

국경을 넘었더니, 그곳은 바로 소비에트 벨라루스였다. 거기서 계속 더 걸어가니 기차역이 나왔고, 우리는 열차를 타고 드디어 비알리스톡에 도착했다.

나는 이동하는 내내 불평 한마디 하지 않았다. 그러나 비알리스톡에 도착하자, 긴장과 피로에 지쳐 앓아눕고 말았다.

제2장
비알리스톡

처음 비알리스톡에 도착했을 때, 젊은 군인이 우리 난민 일행을 반겨 주었다. 그는 소련 정권이 얼마나 놀라운지 찬양을 늘어놓았다.

"소련에는 모든 게 넘쳐 난답니다. 맛있는 차도 넉넉하고 설탕도 있어요."

그때는 차와 설탕이 엄청난 사치품이었다.

우리 일행이 물었다.

"차에 넣을 레몬도 있나요?"

군인은 당당하게 말했다.

"물론이죠. 지금 레몬 공장을 건설하는 중이에요."

처음에는 그 군인이 하는 말이 맞는 것 같았다. 비알리스톡의 가게들 창문마다 소시지와 고기, 기다란 빵과 둥근 빵, 채소와 과일을 비롯한 온갖 먹음직스러운 음식이 가득했다.

그러나 막상 가게에 들어가 창문에 진열된 것을 사겠다고 하면, 주인은 이렇게 말했다.

"어쩌나, 다 팔렸어요."

나중에 알고 보니 가게 창문에 그득하게 진열된 음식들은 나무나 회반죽으로 만든 모형이었다.

2

내가 아픈 동안 부모님은 폴란드에서 온 어느 유대인 난민과 친해졌다. 그의 어린 아들 '하임 제넬데'는 아홉 살 정도였는데 이미 뛰어난 시인이었다. 하임은 운율을 넣어 긴 시를 썼다.

어머니는 하임을 나에게 소개했다. 내가 아파서 누워 있을 때, 하임은 나를 즐겁게 해 주려고 찾아왔다. 재미있는 이야기도 해 주고 자신이 지은 시와 다른 시인들의 시도 읊어 주었다.

하임과 나는 나이 차이가 꽤 났지만 금방 친해졌다. 겨우 네 살에 외동이라 늘 형을 바랐던 나는 하임을 우러러보았다. 그런 친구가 생겨서 정말 뿌듯했다.

3

폴란드어와 러시아어는 둘 다 슬라브어라 비슷한 점이 많다. 그래서 폴란드어를 할 줄 알면 소련의 공용어인 러시아어를 어깨너머로 곤잘 배울 수 있다.

나는 어린아이여서인지 러시아어를 빨리 익혔고, 비알리스톡에 온 지 겨우 2주 만에 러시아어로 말할 수 있게 되었다. 부모님도 오래지 않아 러시아어로 말을 하기 시작했다.

4

1940년 초, 소련의 수도인 모스크바에 있는 소련 정부는 모든 난민에게 등록 명령을 내렸다. 우리는 소련 시민권을 얻든 나치 치하의 폴란드로 돌아가든, 둘 중 하나를 선택해야 했다. 나치 치하로 돌아갈 마음이 전혀 없었던 부모님은 소련 시민권을 신청하기로 했다.

당시 아버지는 '국영 표지판 제작 협동조합'에서 현수막을 그리는 일을 하고 있었다.

직장에서 허락을 받자마자, 아버지는 곧장 소련 시민권을 신청하러 갔다. 줄은 길었지만 참을성 있게 기다리자 차례가 돌아왔다.

담당 직원이 아버지에게 질문을 하며 신청서를 채워 내려갔다.

"이름은?"

"아브라함 슐레비츠."

"배우자 이름은?"

아버지는 직원에게 어머니의 이름을 말했다.

"자녀는?"

"네 살짜리 아들이 있습니다."

"그럼 아들의 이름은?"

"유리."

"유리라니!"

직원이 소리치며 의심의 눈초리를 던졌다.

"무슨 문제가 있습니까, 서기 동지?"

아버지가 놀라서 물었다. 사유 재산이 허용되지 않는 공산주의 소비에트 연방에서는 형제애와 연대감을 나타내기 위해 모든 사람을 '동지'라고 불렀다.

직원이 대답했다.

"아주 심각한 문제가 있지!"

아버지가 어안이 벙벙해 직원을 쳐다보자 그는 불만 가득한 표정으로 쏘아붙였다.

"당신 같은 부류를 잘 알아! 시온주의(유대인들의 민족 국가 건설을 위한 민족주의 운동 −옮긴이) 시인인 '유리 즈비 그린버그(Uri Zvi Greenberg)'의 이름을 따서 아들 이름을 지었군. 그렇다면 당신 역시 그와 똑같이 소비에트에 반대하는 반동분자가 틀림없어."

아버지는 놀란 마음을 추스리고 가까스로 직원에게 항의했다.

"유리는 성경에 나오는 이름입니다. 소비에트 반대파와는 상관없습니다."

그러나 '유리'란 말을 들은 순간부터 직원은 아버지의 말에 귀를 닫아 버렸다. 물론 우리의 소련 시민권도 날아갔다.

그 직원 때문에 화가 난 아버지는 집에 돌아와서 어머니에게 자초지종을 얘기했다. 이 문제로 고민하던 부모님은 소련 시민권을 구태여 얻지 않기로 결정했다.

나는 그 직원을 본 적은 없지만 아버지로부터 그가 유대인이고 지금은 공산주의자로 사는 게 낫다는 것을 미리 알아챈 사람이라고 들었다. 그래서 나는 그가 콧수염을 길렀을 거라고 상상했다. 소비에트의 지도자인 스탈린 동지가 콧수염을 길렀기 때문이다. 그러니 그 직원도 콧수염을 길러 자신이 대단히 충성스러운 공산주의자라는 것을 증명하려고 했을 것 같았다.

시민권 발급 담당 직원과 대화를 나눈 이후 아버지는 매우 두려워졌다. 앞으로 어떻게 될까? 네 살짜리 아들의 이름 때문에 소련의 적으로 오해를 받아 체포되지 않을까 불안했다. 죄 없는 사람들이 거짓 기소되어 처형을 당하는 소련의 악명 높은 여론 조작용 공개 재판에 대해 들어 본 적 있기 때문일 것이다.

5

소련 시민권을 얻지 못하자 여러 문제들이 생겼다. 우리는 국경에서 멀리 떨어진, 제한된 지역에만 머물러야 했다.

시민권 발급 사무소에 다녀온 다음 날, 아버지는 해고 통보를 받았다. 이제 아버지에겐 일자리가 없었다.

아버지뿐만 아니라 소련 시민권이 없는 많은 다른 난민들도 일자리를 잃었다. 그들 중에는 폴란드의 유대인 극단에서 일하던 재능 있는 배우들과 작가들, 감독들도 있었다. 그래서 이들은 비알리스톡에 새로 유대인 극단을 만들고 이디시어로 공연을 하기로 했다. 그 소식을 들은 아버지는 무대 장치를 제작하는 일을 맡겠다고 제안했다. 그 제안은 받아들여졌다.

배우들은 연극과 촌극을 공연했고, 바르샤바 출신의 유명한 유대인 가수들은 인기 있는 이디시 노래들을 불렀다. 노래 중에는 웃긴 것도 있었지만 감상적인 것도 있었다. 이를 들은 관객들은 눈물을 글썽이며 전쟁 전의 삶과 집을 그리워했다. 객석은 늘 꽉 찼다.

6

유대인 극단이 세워진 뒤, 소련 정부는 새로운 감독을 임명했고, 원래 있던 감독은 조감독이 되었다. 아버지가 만든 무대 장치들은 좋은 평가를 받았지만 아버지는 또 해고되었다. 소련 시민권이 없어서였다. 다른 사람들도 같은 이유로 일자리를 잃었을 것이다.

해고된 후, 아버지는 마지막 봉급을 받으려고 극단 감독의 사무실로 갔다. 감독은 귀찮은 표정으로 말했다.

"지금은 돈이 없소. 민스크(벨라루스의 수도)에서 돈이 오면, 그때나 받게 될 거요."

"감독 동지! 식구들 양식을 살 돈이 없습니다."

아버지의 간절한 요청에 감독은 화를 내며 말했다.

"다시 말해야 합니까? 민스크에서 돈이 들어오면 주겠다고요."

옆에 있는 조감독이 친절하게도 아버지에게 돈을 빌려주겠다고 했다. 그러자 감독이 막았다.

"빌려주는 건 안 됩니다."

아버지는 유대인 극단에서 해고된 뒤, 일을 구하려고 다른 극단의 무대 디자인 부서를 찾아갔다. 그리고 마침내 당시 비알리스톡에서 공연 중이었던 고멜 시의 국립 극단에서 일하게 되었다. 이디시어로 공연하던 유대인 극단과 달리 고멜 국립 극단은 러시아어로 공연했다.

비알리스톡의 공연이 성공리에 끝나자, 고멜 국립 극단은 약 세 시간 거리의 흐로드나에서 공연하기로 했다. 예술 감독은 아버지에게 흐로드나로 함께 가자고 부탁했다.

결국 아버지는 흐로드나로 떠나고 어머니와 나는 비알리스톡에 남았다.

8

불안한 때이니만큼 아버지는 가족이 함께 있는 게 낫겠다고 생각했다. 그래서 어머니와 내게 되도록 빨리 흐로드나로 오라는 편지를 보냈다. 아버지는 우리가 살 아파트도 이미 구해 놓았다.

소련 시민권이 없는 난민들은 하루가 다르게 살기가 어려워졌다. 그때쯤 소련 정부가 난민들을 소스라치게 할 만한 일을 계획하고 있다는 소문이 돌았다. 그 계획은 아버지와 어머니, 내게도 해당되었다. 우리도 소련 시민권이 없었기 때문이다.

하지만 그 일이 무엇일지는 짐작조차 하지 못했다.

9

흐로드나로 오라는 아버지의 편지를 받았을 때, 어머니는 잠시 다녀오는 것인 줄 알았다. 날씨가 따뜻해서 어머니는 면 원피스를 입었다. 물건도 몇 가지만 챙기고 나머지 짐은 비알리스톡에 두고 갔다. 남겨 둔 것 중에는 가족 사진도 있었다. 사진 한 장은 아직도 기억난다. 두 살 반이나 세 살 무렵의 내가 모래 상자 위에 행복한 표정으로 앉아 입을 한껏 벌리고 노래를 부르고 있는 사진이었다.

10

아버지와 다시 합류한 뒤, 어머니는 애를 태우며 친척들에게 폴란드를 떠나 우리와 함께 살자고 설득했다. 하지만 그들은 거절했다. 어머니는 아이들만이라도 보내라고 간절한 편지를 써서 몇 번이나 보냈지만 결국 그들은 또다시 거절했다.

외삼촌은 매우 똑똑했지만 안타깝게도 썩 현명하지는 못했다. 우리는 외삼촌과 그의 가족을 두 번 다시 볼 수 없었다.

11

흐로드나에서의 생활은 비알리스톡에 있을 때보다 즐거웠다. 난민들이 비알리스톡보다 많지 않아서 식량을 구하기가 조금 더 나았기 때문이다.

아버지가 극장에서 일하는 덕에 부모님은 저녁에 공짜 연극을 보러 가곤 했다. 어머니와 나는 무대 뒤로 들어가서 아버지가 일하는 모습을 구경하기도 했다.

한 번은 아버지가 무대 의상과 세트를 보여 주었다. 종이와 마분지로 만들어 색칠한 세트가 꼭 진짜 같아서 깜짝 놀랐다. 무대 세트는 무게도 아주 가벼워서, 극단이 이 도시에서 저 도시로 이동할 때 들고 운반하기도 편했다.

나는 아버지와 다른 직원들이 어느 장면의 무대 장치를 실제 크기로 제작하기 전에 만들어 둔 축소 모형이 가장 신기했다. 나무 한 그루가 서 있는 풍경이었는데, 갖가지 울퉁불퉁한 작은 나무 조각들로 모양을 잡고 그 위에 얇은 천을 펼쳐 덮어 만든 구릉 지대가 정말 멋있었다. 그 풍경이 어찌나 진짜 같던지, 눈이 휘둥그레졌다. 그렇게 간단한 재료로 그토록 환상적인 장면을 만들어 내다니!

오, 그때 나는 그 모형을 그림으로 그려 보고 싶었다! 하지만 사실 어떻게 그려야 하는지 전혀 몰랐다. 당시의 나는 내가 유일하게 그릴 줄 아는 막대 사람들로 만족해야 했다. 이제 옆얼굴도 그릴 수 있지만 그들이 진짜 사람들과 별로 안 닮았다는 것을 알고 있었다. 그래서 나는 늘 주위를 관찰했다.

오래전 그 시절의 기억은 대부분 잊었지만 그 모형은 아직도 기억한다.

부모님은 내가 그림을 그릴 때마다 격려해 주었다. 뭘 그리든 칭찬을 아끼지 않았다. 그러나 어리긴 해도 내 그림이 서툴다는 것쯤은 알고 있었다. 물론 칭찬받는 건 좋았지만 내 그림 실력이 늘 수 있게 부모님이 더 많이 도와주고 그림을 그리는 요령을 가르쳐 주었으면 하는 마음도 간절했다.

어느 날 아침, 아버지는 아침 식사를
위해 우유와 빵을 사러 아래층으로
내려갔다.

건물 입구에는
문지기가 서 있었다.

아버지는 그에게
친절하게 인사했다.
"안녕하세요, 동지."

그 '행복한' 시대에는, 모두가
동지였지만 반드시 친구는 아니었다.

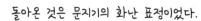

돌아온 것은 문지기의 화난 표정이었다.

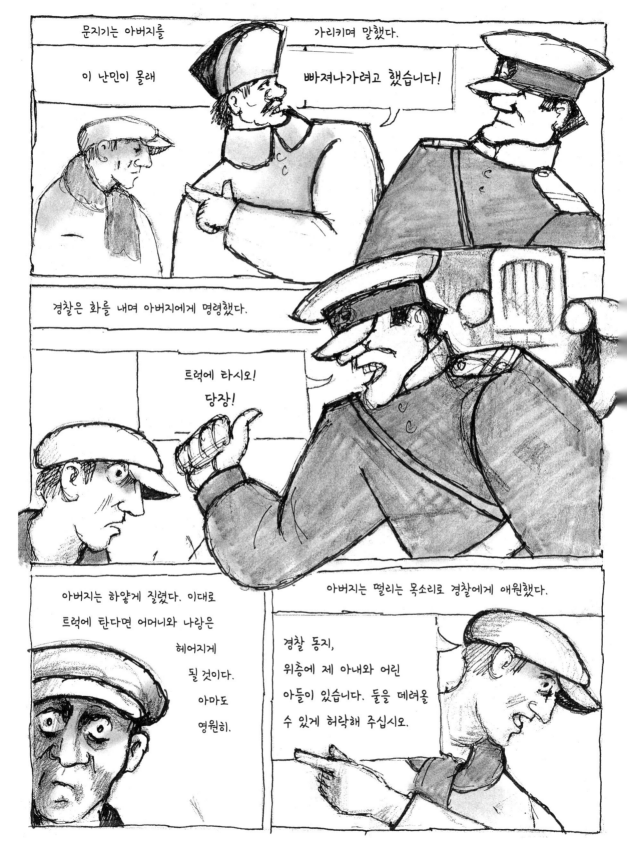

경찰은 날카로운 목소리로 물었다.

어디에서 일하시오?

아버지는 어깨를 펴고 대답했다.

고멜 국립 극단이요. 지금은 여기 흐로드나에서 공연 중입니다.

경찰은 감명한 눈치였다.
어느덧 상냥해진 목소리로 다시 말했다.

오, 그렇군.
나도 공연 봤어요.
배우들이 잘하더군요.

다행히 경찰은 연극광이었다.
그래서인지 아버지에게 친절을 베풀어
어머니와 나를 데려오게 했다.

13

어머니는 소련 경찰과 함께 나타난 아버지를 보고 겁에 질렸다. 아버지는 어머니를 안심시키고 상황을 설명했다.

"우리는 새로운 곳으로 이송될 거야. 트럭이 아래층에서 기다리고 있어. 얼른 짐을 쌉시다."

기차역으로 가는 길에 아버지는 봉급을 받으러 극단에 잠시 들러도 되겠냐고 경찰에게 물었다. 다행히 경찰은 허락했다.

극단 지배인은 경찰과 함께 온 아버지를 보고 전혀 놀라지 않았다. 그 즈음에는 흔한 광경이었기 때문이다.

"지금은 돈이 없어요."

하지만 다른 극단의 지배인과는 달리, 그는 이렇게 덧붙였다.

"주소를 알려 주시면 돈을 꼭 보내 드리지요."

경찰은 우리가 어디로 이송될지 몰랐다. 그래서 아버지는 주소를 남길 수가 없었다.

그때 극단 지배인이 말했다.

"나중에라도 꼭 주소를 보내 주세요."

극단 지배인과 직원들은 갑자기 떠나는 아버지를 보며 정말 안타까워했다.

흐로드나 기차역에는 우리를 태울 화물 열차가 기다리고 있었다. 그 안은 폴란드에서 넘어온 난민들로 꽉 차 있었고 소련 비밀 경찰들이 열차를 지키고 있었다.

자정 무렵, 화물 열차가 마침내 역을 떠났다.

우리는 폴란드를 떠나 벨라루스로 올 때, 짐을 별로 갖고 오지 않았다. 그리고 이렇게 예기치 못하게 운명이 바뀌는 바람에 소지품의 가짓수는 더욱 적어졌다. 어머니가 비알리스톡에 두고 온 것은 영원히 찾지 못했다.

어린 시인 하임 제넬데와 그의 아버지 소식도 여러 번 수소문해 보았지만 헛수고였다. 아마도 전쟁 통에 죽었을 것이다. 세상은 뛰어난 시인 하나를 잃었고, 나도 첫 친구를 잃었다.

열차 안에는 유대인 난민들이 대다수였고, 폴란드인은 소련 국경 근처에서 온 몇 명 정도였다. 부모님은 바르샤바 출신의 호니그만 부부와 바르샤바의 유대인 병원에서 일했던 레이첼이라는 간호사를 비롯한 새로운 친구들을 사귀었다. 열차에는 아이들도 많았는데, 내 또래도 있었다.

사람들로 꽉 찬 유개 화차(지붕이 있는 화물 열차 –옮긴이) 안에는 금속 통으로 뚝딱 만든 난로가 있었다. 그 위에 놓인 커다란 냄비에는 버섯과 보리를 넣은 스튜가 끓고 있었다. 냄새가 열차 안에 솔솔 퍼져 나갔다. 나는 난로가 얼마나 뜨거운지 확인하려고 손을 난로에 가져다 댔다. '앗 뜨거워!' 손을 꽤 심하게 데는 바람에 가는 내내 욱신거렸다. 그 뒤로 나는 절대 뜨거운 난로를 만지지 않았다.

열차가 다른 역에 도착하자, 처음 보는 군인들이 나타났다. 장교 한 명이 우리 꼬마들에게 말했다.

"'하느님, 우리에게 콩을 주세요.'라고 말해 봐."

우리는 그의 말을 그대로 따라 했다. 하지만 하늘에서 콩은 떨어지지 않았다. 그러자 그는 이렇게 말했다.

"이번엔 '소비에트여, 우리에게 사탕을 주세요.'라고 말해 봐."

우리가 "소비에트여, 우리에게 사탕을 주세요."라고 하자, 군인들이 사탕을 주었다. 이게 바로 소련 신학의 근본이었다.

'하느님에게 콩을 달라며 시간 낭비하지 마라. 아무것도 얻지 못할 것이다. 그러나 소련에게 간청하면 분명 얻을 수 있을 것이다.'

제3장
유라 정착촌

열차는 몇 주나 계속 달렸다. 아니, 사실 서 있을 때가 더 많았다. 우리가 탄 열차가 북쪽으로 가는 동안 다른 많은 열차들은 서쪽으로 갔다. 그 열차들은 '붉은 군대'라고 불리는 소련군에 합류하기 위해 서쪽 국경으로 가는 군인과 보급품 들로 가득 차 있었다. 스탈린 동지의 소련과 히틀러의 나치 독일은 불가침 협정을 맺었지만 서로를 믿지는 않았다.

우리가 마지막 목적지인 포셀로크 유라, 즉 '유라 정착촌'에 도착했을 때는 1940년 여름이었다. 내가 다섯 살 때였다.

2

머나먼 북쪽 끝, 백해 근처의 유라 정착촌은 거대한 러시아 소비에트 연방 사회주의 공화국의 아르한겔스크 오블라스트('대천사의 활동 지역'이라는 뜻)에 있었다.

유라 정착촌은 자그마했다. 나무로 지은 막사가 몇 채 있었고, 근처에는 강이 흐르고, 막사 주위는 끝없이 펼쳐진 숲으로 둘러싸여 있었다.

우리는 용의자였다. 소련의 적이었다. 이제는 죄수였다. 그러나 유라 정착촌에는 울타리나 벽이 없었고, 무장 경비병을 비롯한 그 어떤 경비병도 없었다. 우리를 둘러싼 끝도 없는 숲이 그 역할을 했기 때문이다. 탈출은 곧 죽음을 의미했다.

이곳을 탈출할 생각을 한다면 어떻게 죽을지 선택하는 것과 마찬가지였다. 숲속을 헤매다 길을 잃고, 결국은 아무 데도 가지 못한 채, 얼어 죽을 게 뻔했다. 들짐승들에게 잡아먹힐 수도 있다. 선택은 자기 몫이었다.

나무로 만든 막사마다 기다란 큰 방이 하나, 작은 방이 몇 개 있었다. 운 나쁘게도 우리는 작은 방조차 얻을 수 없었다. 부모님은 날림으로 지은 막사 중 하나를 골라 큰 방의 한구석을 가까스로 차지했다. 사생활을 조금이라도 보호하기 위해 침대 시트 두 장 중 하나를 빼내 걸었다.

사실 방 한구석에라도 자리를 잡을 수 있어서 다행이었다. 그 무렵 한 교사가 스탈린의 사진을 학생들에게 나눠 주며 집에 걸어 두라고 지시했다는 이야기가 퍼졌다.

그런데 스탈린의 사진을 나눠 준 다음 날, 페뜨라는 학생이 사진을 도로 가져왔다.

선생님이 페뜨에게 물었다.

"왜 사진을 집에 안 걸었니?"

페뜨가 말했다.

"벽이 없어서요. 우리 가족은 방 한가운데 살거든요."

우리 가족은 좁은 침대에서 함께 잤다. 어머니와 아버지는 침대 머리맡에서, 나는 둘의 발치에서.

어머니는 따뜻한 담요를 비알리스톡에 두고 왔는데, 담요를 두
장 가지고 있던 호니그만 부부가 고맙게도 우리에게 담요 한 장을
나눠 주었다.

4

우리는 오랜 이동 탓에 진이 다 빠졌다. 하지만 새 숙소에 온 첫날에는 아무도 밤잠을 이루지 못했다.

다음 날 아침, 정착촌 관리자인 이바노프가 와서 물었다.

"다들 첫날 밤은 잘 보냈나?"

그러자 한 난민이 말했다.

"한숨도 못 잤습니다."

"왜?"

"빈대들이 크게 환영해 주던 걸요."

"니체보(괜찮아, 별것도 아니군)! 시간이 많으니 적응하겠지. 빈대들도 너희들에게 적응할 테고."

그날 늦게, 식당에서 열린 집회에서 이바노프는 난민 환영 연설을 했다.

"너희는 삶을 재건하기 위해 이곳에 보내졌다. 이제 폴란드에서 살던 기억은 싹 지워라. 여기서 남은 생을 보내다 죽게 될 테니."

그는 창문 너머 언덕을 가리켰다.

"이 언덕 너머에 묘지가 있다. 그곳이 너희의 마지막 안식처가 될 것이다. 다시는 폴란드 땅을 밟지 못할 것이다. 일을 잘하면 밥은 준다. 그러나 일을 못 하면 밥도 없다!"

이바노프는 이런 환영사로 그 자리에 있는 난민들의 기를 완전히 꺾어 놓았다. 이바노프는 난민들에게 노래를 하거나 재미난 걸 연기해 보라고 했다.

어떻게 된 일인지 전혀 기억은 나지 않지만 어쩌다가 나는 탁자 위에 서서 평소에 외우고 있던 이디시어로 된 동시를 낭송했다.

날아라, 작은 파리야, 붕붕 부웅.

동글동글 파리 배는 반짝반짝 황금빛.

어느 날 들판을 걷던 파리는 돈이 든 지갑을 보았네.

얼른 시장에 가서 사모바르(러시아의 가정에서 차나 물을 끓이는 데 사용하는 주전자 ─옮긴이)를 샀다네.

바퀴벌레들아, 내게 오렴, 달콤한 차를 줄게.

바퀴벌레가 무리 지어 벽에서 나오네…….

벼룩들이 그들 머리 위에서 춤을 춘다네.

나의 우스꽝스러운 벌레 이야기는 거기서 끝나지 않았다. 이야기 속에서 갑자기 재난이 닥친다.

초대받지 못한 거미가 나타나 마음이 너그러운 파리를 납치하자, 즐거운 파티는 비극으로 끝나려고 한다. 그러나 때마침 용맹한 모기가 나타나 거미를 죽이고 파리를 구한다. 모두 기뻐했고 모기와 파리는 행복하게 산다.

그 시는 혼란스러워 하는 관객들에게 안성맞춤이었다.

5

이제 우리에게 집 주소가 생겼다. 그래서 아버지는 고멜 국립 극단에 편지를 보냈다. 놀랍게도 약속을 지킨 극단 지배인 덕에 아버지는 마지막 봉급을 받았다.

늦여름이었지만 지난 겨울에 꽁꽁 언 얼음이 아직도 벽에 남아 있었다. 이 머나먼 북쪽의 여름은 너무 짧아 얼음이 다 녹기도 전에 끝나 버렸다.

아침마다 막사 뒤편의 우물에서 물을 길어 오는데, 그 우물도 드문드문 얼어붙어 있었다.

낮은 길고, 밤은 짧았다. 해가 한밤중에 잠깐 졌다가, 곧 다시 떠올라 빛나는 바람에 우리는 제대로 잘 틈이 별로 없었다.

9월이 되자 눈이 내리기 시작했다. 2,400킬로미터쯤 떨어진 바르샤바를 떠난 지도 이제 1년 남짓 되었다.

유라 정착촌에는 신문도, 책도, 영화도, 라디오도 없었다. 심지어 당시 나는 텔레비전이라는 말을 들어 본 적도 없었다. 그러나 눈은 엄청 많았다. 그래서 나와 다른 아이들은 눈을 놀잇감 삼아 놀았다. 기온은 계속 영하로 떨어졌다. 우리는 날씨 따위는 상관하지 않고 신나게 놀곤 했다.

6

낮에는 태양이 눈을 한 켜 녹였다. 밤에는 눈의 표면이 얼어 그 위에 살얼음판이 생겼다. 다른 아이들처럼 나도 살얼음판 위를 뛰어다녔다. 가끔 밟고 있던 살얼음판이 깨지면 그 밑의 부드러운 눈 속으로 푹 떨어졌다. 그러면 내 키보다 훨씬 더 깊은 구멍에서 빠져나오려고 기를 쓰고 기어올랐다.

구멍을 기어오르는 건 재미있었다. 그러나 눈이 내 펠트 부츠 속으로 들어가 양말이 젖고 발가락이 얼면 그날의 즐거움은 끝났다.

7

정착민 중 아버지를 비롯한
남자들은 벌목꾼으로 일했
다. 그들은 작업장까지 몇 킬
로미터를 걸어가야 했기 때
문에 이른 아침에 떠났다가
저녁 늦게 돌아왔다.

부모님의 친구인 호니그
만 씨가 일을 마치고 돌아왔
을 때, 나는 그의 콧수염에

주렁주렁 매달린 고드름에 매혹되었다. 마치 '산타클로스'가 내 눈

앞에 나타난 것 같았다.

8

유라 정착촌에는 공중 목욕탕이 두 군데 있었다. 하나는 남성용, 다른 하나는 여성용이었다. 어머니는 아버지가 못 미더워서였는지 나를 여탕에 데려갔다.

내가 여탕에 다녀왔다는 소문이 돌자, 나이 많은 소년들이 내게 귀찮을 정도로 질문을 퍼부었다. 그들은 어떤 빨간 머리 소녀의 아래쪽도 빨간색인지 알고 싶어 했다. 나는 무슨 말인지 알아 듣지도 못했고 궁금하지도 않았다. 목욕탕에서 나는 그저 몸을 빨리 씻고 나가야겠다는 생각뿐이었다. 하지만 그 소년들은 '빨간 머리 소녀'에 대한 질문으로 나를 계속 괴롭혔다.

나는 그들에게서 벗어나려고 결국 이렇게 말했다.

"응, 온통 다 빨개."

솔직히 내가 여탕에서 본 것이라고는 수많은 다리뿐이었다. 하지만 그 정도로는 소년들에게서 벗어날 수 없었다.

그들은 내게 그림을 그려 보라고 했다. 당시에도 '막대 사람'을 그

리던 때라 나는 막대 사람들을 그렸다.

그 그림이 소년들의 호기심을 채워 주었는지는 모르겠지만 효과
는 있었다. 그 뒤로는 내게 같은 질문을 하지 않았기 때문이다. 나
역시 다시 여탕에 가지 않았다.

9

소련 정부는 우리가 해야 할 작업량을 미리 정해 놓았다. 어느 날, 말과 수레가 눈 속에서 오도가도 못했다. 가엾은 말이 용감하게 애써 봤지만 수레는 꼼짝도 하지 않았다.

수레를 끌던 러시아 사람이 불쌍한 말을 채찍질하며 욕설을 퍼부어댔다.

"이 빌어먹을 반혁명분자! 태업을 일삼는 고린내 나는 트로츠키주의자! 네 놈 때문에 나는 5년 동안의 할당량을 채우지 못할 거야!"

그러면서 그는 계속 말에게 채찍질을 해댔다.

일을 마치고 돌아온 아버지가 어머니에게 하는 이야기를 들었을 뿐인데, 마치 그 광경을 직접 본 듯 지금까지도 기억이 생생하다.

아버지가 신고 있던 가죽 신발의 밑창이 입을 벌리기 시작했다. 그래서 숲에서 일할 때 눈이 신발 속으로 들어가는 바람에 아버지는 감기에 걸렸고 열도 높이 올랐다. 작업을 면제받을 만큼은 아니었지만 어머니는 아버지에게 몸 상태가 더 나빠지지 않게 하루 쉬라고 권했다.

아침마다 막사를 검열하러 다니는 관리인 이바노프는 아버지가 침대에 누워 자고 있는 것을 보았다.

"지금 뭐 하고 있는 거야! 파시스트 폴란드 남작이라도 되는 건가?"

아버지는 술에 취하거나 게을러서 일하러 가지 않은 게 아니라 신발이 찢어지고 몸도 아파서 누워 있는 거라고 설명했다. 하지만 소용없었다.

다음 날, 아버지는 다시 숲으로 일하러 갔다. 그런데 즉시 유라 정착촌으로 돌아가라는 명령을 받았다. 작업장에 안 나타났거나 다른 위법 행위를 저지른 사람들에게 형을 선고하기 위해 판사가 말을 타고 와 있었다.

판사는 금발을 땋은 젊은 여자였다. 그녀는 이바노프 옆자리에 앉았다. 아버지는 잔뜩 긴장한 채, 술을 마셔서가 아니라 찢어진 신발 때문에 감기에 걸려서 열이 높아 일하러 가지 못했다고 설명했다.

판사는 아버지의 일에 대해 이바노프와 의논했다. 그러더니 봉급을 6개월 동안 15퍼센트 줄일 것이며 지금까지 받아 온 모든 혜택을 당분간 중지하겠다고 말했다.

그날 저녁 늦게 식당에서 아버지를 만난 이바노프는 처음으로 결근한 것이니 처벌을 가볍게 해 달라고 판사에게 부탁했다고 했다. 그러나 앞으로는 조심하라고, 다음에 또 이런 일이 생기면 그때는 심한 처벌을 받게 될 거라고 주의를 주었다.

어머니는 그 이야기를 듣고 아버지에게 하루 쉬라고 권한 것을 후회했다.

끝이 안 보이던 매서운 추위가 지나고, 여름이 오는 신호들이 머뭇머뭇 보이면서 눈이 녹기 시작했다. 아이들은 눈이 완전히 녹을 때까지 기다리지 못하고 강으로 달려갔다.

강으로 가는 길은 통나무로 포장되어 있었다. 6월의 어느 날, 나는 큰 아이들을 뒤쫓아 젖은 통나무 위를 뛰어가다가 나동그라졌다. 오른팔이 두 통나무 사이에 끼는 바람에 팔꿈치가 부러지고 말았다.

그때 아버지는 작업장에서 일을 하고 있다가 당장 정착촌으로 돌아오라는 명령을 받았다. 아버지는 자신도 모르는 사이에 작업과 관련해 뭔가 위반해서 소환을 당하는 줄 알고 공포에 질렸다. 막상 정착촌에 와 보니 어린 아들의 팔이 부러져 있는 게 아닌가!

정착촌에는 X-레이를 찍을 수 있는 기계가 없었다. 그래서 이바노프는 아버지에게 나를 지역의 큰 병원에 데려가라고 했다. 열차는 하루에 한 번만 운행되기 때문에 아버지는 병원까지 걸어가는 게 낫겠다고 판단했다. 걸어가면 병원에 더 빨리 도착할 테니, 내 팔을 조금이라도 더 빨리 치료할 수 있다고 생각한 것이다.

아버지와 나는 길을 잃어버리지 않게 철로를 따라 걸었다. 힘든 길이었다. 나는 나무판 두 개를 부러진 팔에 대고 붕대를 감은 뒤

최대한 움직이지 않게 천으로 목과 팔을 둘러매 임시 부목을 한 상태였다. 부러진 팔꿈치가 점점 퉁퉁 부어오르고 아팠다.

나는 무척 고통스러웠지만 불평하지 않았다. 더 이상 아버지를 화나게 하고 싶지 않았기 때문이다. 그래도 계속 묻기는 했다.

"거의 다 왔어요?"

아버지는 우리가 어디까지 왔는지 전혀 모르고 있었지만 아주 잘 알고 있는 척했다.

"다 와 가. 얼마 안 남았어."

그게 거짓말이라는 건 알았지만 그래도 아버지의 말에 마음이 놓였다. 그렇게 우리는 계속 걸었다.

가끔 작은 나무 오두막을 지나기도 했다. 그곳에 사는 가난한 러시아인들에게서는 자부심과 슬픔이 함께 배어 나왔다.

우리는 온종일 걸었다. 마침내 국영 병원에 도착했는데, 그곳에도 X-레이 기계가 없다고 했다. 붉은 군대가 이미 거두어 간 것이다. 응급실 의사는 오로지 감각과 희망에 의지해 최선을 다해서 뼈를 맞출 수밖에 없다고 말했다. 뼈를 맞추는 과정이 너무 아팠기 때문에 떠올리고 싶지 않다.

아버지는 유라 정착촌으로 돌아갔고 나는 일주일 동안 병원에 입원해 있었다. 나는 날마다 차와 각설탕을 받았는데 정말 특별한 대접이었다. 정착촌에서는 보통 맹물만 넣고 끓인 키피아톡을 마셨기 때문이다. 나는 어머니를 위해 병원에서 준 각설탕을 모았다.

퇴원하는 날, 아버지가 병원으로 데리러 왔다. 나는 팔에 무거운 석고 깁스를 한 채 집으로 돌아왔다. 깁스는 한 달을 더 하고 있었는데 팔이 몹시 가렵고 불편했다.

병원에 다시 가지 않고 레이첼 간호사가 깁스를 풀어 주었는데, 팔 힘이 약해져서 움직이면 아팠다. 전처럼 팔을 마음대로 움직이는 데 한 달 넘게 걸렸다.

12

병원에서 유라 정착촌으로 돌아갈 때는 열차를 탈 수 있었다. 그러나 집에 돌아와 보니, 어머니가 침대에 누워 거의 죽어가고 있었다. 어머니는 계속 배가 심하게 아팠다. 상태는 날마다 더 나빠졌고 열이 너무 높아 이마가 펄펄 끓었다.

바르샤바에서 온 유대인 난민 중에는 '립시츠'라는 이름의 의사도 있었다. 그는 아버지에게 어머니의 이마에는 얼음 찜질을 하고, 얼음처럼 차가운 발치에는 뜨거운 물병을 놓아두라고 했다. 간호사 레이첼에게는 어머니가 숨을 편안하게 쉴 수 있도록 매시간 장뇌(녹나무의 뿌리, 줄기, 가지, 잎을 증류 정제하여 만든 약재로, 통증을 완화시키는 효능이 있다. –옮긴이)를 주사하라고 일렀다.

아버지가 우물에 얼음을 가지러 가자 립시츠도 함께 나섰다.

"부인께서는 오늘밤을 넘기기 힘들 것 같아요."

립시츠의 말에 아버지는 울고 말았다.

어머니는 정착촌 사람들 모두에게 사랑을 받았다. 의사의 말을 귀 너머로 들은 몇몇 여자들은 통곡하기 시작했다.

아버지는 자신을 추슬렀다. 종교는 없었으나 애가 탄 나머지 이토록 젊은 사람을 데려가지 말라고 기도했다. 당시 어머니는 겨우 20대 후반이었다.

어머니는 자신의 상태를 잘 알고 있었다. 가냘픈 목소리로 어머니는 아버지에게 말했다.

"바르샤바에서 가져온 침대 시트가 두 장 있어요. 하나는 찢어졌고 하나는 온전해요. 내가 죽으면 찢어진 시트에 나를 싸고, 다른 시트는 남겨 둬요. 그리고 저 언덕 뒤에 나를 묻어 줘요. 내일 다시 해가 나겠지만 나는 그 빛을 못 받겠지요. 당신은 우리 아들에게 분명 좋은 아버지가 될 거예요."

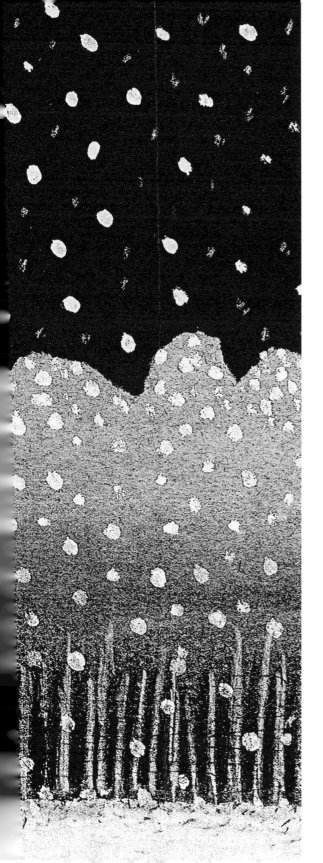

13

어머니는 그날 밤을 무사히 넘겼다.

이바노프는 어머니를 기차역까지
데리고 갈 말과 수레를 가져왔다.
그곳에서 내가 다녀왔던 국영 병원으로
떠날 예정이었다. 립시츠도 그들과
함께 갔다.

밤 사이에 심한 눈폭풍이 몰아쳐
온 도로를 뒤덮었다.

다행히 말은 길을 제대로 밟아,
그들을 기차역까지 데려다주었다.

역장이 어머니를 옮기기 위해
들것을 가져왔다.
병원으로 가는 열차는 역 반대편에 있었다.

바로 며칠 전에
독일군이 소련을
공격했다. 그래서
역 안은 전선으로 가는 군인들로 꽉 차 있었다.

군인들이 들어찬 긴 열차들이 길을 막았다. 아버지와 립시츠는 길을 빙 둘러서 먼 길로 가는 대신
열차 밑으로 어머니를 옮기기로 했다.

아버지는 바퀴 사이를 네 발로

기어가며 들것을 끌었고, 립시츠는 뒤에서 밀었다.

그들은 역 건너편까지 간신히

들것을 옮겨 병원행 완행열차를 탔다.

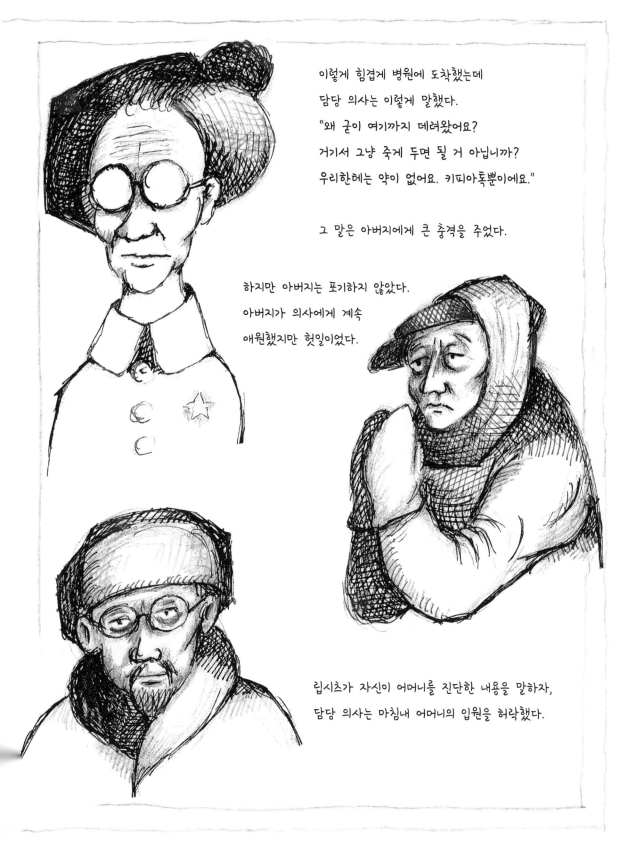

이렇게 힘겹게 병원에 도착했는데
담당 의사는 이렇게 말했다.
"왜 굳이 여기까지 데려왔어요?
거기서 그냥 죽게 두면 될 거 아닙니까?
우리한테는 약이 없어요. 키피아톡뿐이에요."

그 말은 아버지에게 큰 충격을 주었다.

하지만 아버지는 포기하지 않았다.
아버지가 의사에게 계속
애원했지만 헛일이었다.

립시츠가 자신이 어머니를 진단한 내용을 말하자,
담당 의사는 마침내 어머니의 입원을 허락했다.

14

어머니는 병원에 입원하고 아버지 혼자 나를 돌본 지 몇 주가 흘렀다. 어머니를 다시 볼 수 있을지 알 수 없었다.

나는 계속 아버지에게 물었다.

"어머니는 어때요? 언제쯤 돌아와요?"

드디어 어느 날, 어머니가 병원에서 돌아왔다. 유라 정착촌 사람들 모두가 어머니를 알고 좋아했기 때문에 반갑게 맞았고, 다시 보게 된 것을 무척 기뻐했다. 하지만 어머니는 너무 쇠약해져 거의 침대에 누워 지냈다.

15

1941년 여름, 독일의 소련 침공은 두 나라 사이의 평화를 지켜 온 불가침 조약을 위반한 것이었다. 곧바로 소련은 영국과 프랑스가 있는 연합군에 합류했다. 연합군은 이미 독일에 선전 포고를 한 상태였다.

그 결과 우리에 대한 소련 정부의 태도가 확 바뀌었다. 나치를 피해 도망친 우리는 더 이상 반소련 간첩이나 국가의 적이 아니라 공동의 적을 피해 탈출한 난민이었다.

그러다가 소비에트 연방의 비밀 경찰인 NKVD를 대표하는 어느 여성이 유라 정착촌에 파견되었다. 이바노프와 다른 비밀 경찰들의 공손한 태도로 보아, 그녀는 소련의 비밀 경찰 중에서도 고위직인 것 같았다.

집회가 소집되었고 그녀는 중요한 연설을 했다.

"내 이름은 에스더 레이첼 그린버그입니다. 여러분들이 여기 와 있는 이유를 알려 주고자 모스크바에서 왔습니다. 여러분이 이곳에

온 이유는 집과 일자리가 있어서입니다. 나는 유대인 출신입니다. 그리고 정부에서 매우 중요하고 책임 있는 일을 하고 있습니다. 내가 이토록 높은 지위에 오를 수 있는 곳은 소련뿐일 것입니다. 우리는 여러분이 나치의 공격 때문에 동쪽까지 온 것을 알고 있습니다. 우리 중 일부는 여러분을 스파이라고 의심했습니다. 그러나 이제는 우리에게 공통의 목표가 있습니다. 바로 나치와 싸우는 것이지요. 곧 여러분의 상황은 나아지고, 원하는 곳으로 여행할 수 있는 자유를 얻게 될 것입니다. 물론 전쟁 중이라 어려운 점은 있습니다만 우리나라의 남동쪽 지역은 여러분에게 열려 있습니다. 여러분은 중앙아시아에 있는 모든 공화국을 여행할 수 있게 될 것입니다."

그린버그 동지가 말하지 않은 것이 있었다. 이제는 소련이 연합군에 합류해 나치를 상대로 싸우기 때문에 서쪽에서 온 난민들을 학대하는 게 좋아 보이지 않는다는 점이었다. 이 때문에 우리에 대한 태도도 확 바뀐 것이다. 우리는 더 이상 소련의 적이 아니었다.

그때부터 우리가 처한 상황은 나아졌고, 이바노프를 시작으로 러시아인 관리자들의 가혹한 태도는 느슨해졌다.

16

숲에서 일하다 쉬는 시간이 되면 아버지와 난민들은 불가에 둘러 앉아 전쟁 전에 먹은 음식들인 페이스트리, 초콜릿, 온갖 과일과 고기 등에 얽힌 추억을 두런거리곤 했다.

어느 날, 난민들이 나누는 음식 이야기를 귀 너머로 듣고 있던 러시아인 작업 감독이 말했다.

"1920년대 말에 우리 소련에는 '콜호스'라는 집단 농장이 있었지. 농부들은 무조건 콜호스에 가입해야 했어. 거부하면 시베리아나 북쪽 끝으로 추방당했으니까. 그래서 나도 여기 와 있는 거야. 여기 와 보니 세상에, 먹을 게 하나도 없었어. 배고파서 환장하겠더군. 여기만 그랬나? 러시아 전체가 다 그랬지. 아무튼 눈에 띄는 거면 깡그리 먹어 치웠어. 나무껍질도 삶아 먹고, 신발 가죽도 끓여 먹고. 수천 명이 굶어 죽었어. 어딘지 말은 못하지만 우크라이나의 제법 큰 도시에서 이상하게 사람들이 자꾸 없어지는 거야. 시체는 안 나오고 말이야. 그런데 그때쯤 그곳 시장에서 고기로 속을 채운 맛있는 감자 빵이 등장했지. 할머니들이 그 빵을 구워서 팔았는데 아주 불티나게 팔렸어. 할머니들이 다 댈 수 없을 정도로 말이야. 할머니들은 빵에 들어간 고기가 뭔지 전혀 몰랐어. 그러자 당국은 의심을 품었지. 곧 빵에 들어간 고기를 공급한 게 범죄 조직원들이라는 것이 드러났어. 놈들은 그동안 행방불명된 사람들을 살해했다고 자백했고 법원은 놈들에게 사형을 선고했어. 할머니들이 빵을 팔았던 바로 그 시장에서 놈들은 대롱대롱 매달렸지. 부디 놈들의 시체가 땅에 나뒹굴기를! 참 부끄럽지만 여기 오기 전에 나도 그 빵을 먹었어. 내가 먹은 게 뭔지는 나중에야 알았지. 하느님, 부디 저를 용서하소서!"

그는 말을 마치고 가슴에 성호를 그었다.

17

NKVD 대표단이 다녀간 뒤, 이바노프는 어린아이를 키우는 부모들에게 곧 염소를 배급할 거라고 알렸다.

얼마 지나지 않아 우리는 염소를 받았다. 게다가 새끼를 밴 염소라 운이 좋았다. 염소의 이름은 '바냐'였다. 나는 금방 바냐를 좋아

하게 되었다. 바냐는 암컷인데 왜 턱수염이 있는지 아무리 생각해도 모를 일이었다.

바냐와 친하게 지내면서 나는 염소에게도 유머 감각이 있다고 믿게 되었다. 바냐는 폴짝폴짝 잘도 뛰어다녔다. 침대와 탁자 위에 뛰어올랐고, 마치 '바냐 다녀감'이라고 알리듯 명함(똥 한 무더기)을 남겼다.

바르샤바에서 온 유대인 난민 중에는 기술자가 한 명 있었다. 30대 중반인 그는 비쩍 마른 데다 얼굴이 슬퍼 보였고 가족 없이 혼자였다. 섬세했던 그는 벌목 일을 매우 힘들어 했다. 가진 것이라곤 불운뿐이었는데 어디선가 나쁜 일이 생겼다 하면 그와 관계가 있었다.

바냐는 우리 막사에 있는 침대 중, 줄기차게 그의 침대에만 명함을 남겼다. 하지만 그는 화를 내지 않았고, 마치 그게 자신의 운명인 듯 그러려니 할 뿐이었다.

안타깝게도 그의 운은 끝까지 변하지 않았다. 그는 전쟁에서 살아남지 못했다.

18

바냐는 이리저리 쏘다니면서 풀을 뜯어 먹으며 여름을 보냈다. 내가 "바냐!"라고 부르면, 어디서든 곧장 내게 폴짝폴짝 뛰어왔다.

어느 날, 바냐가 쌍둥이를 낳았다. 암컷과 수컷이었다. 나는 바냐가 매우 자랑스러워서 아이들에게 우쭐거렸다. 바냐는 우리에게 맛있는 젖도 주었다. 나는 바냐를 절대 잊지 못할 것이다.

19

북쪽 끝의 땅에는 봄이 없다. 혹독한 겨울이 끝나면 갑자기 여름이다. 눈 담요 밑에서 이미 풀이 자라고 있다. 하지만 눈이 녹으면서 강물이 불어나 홍수가 일어난다.

강가에는 하류로 보내야 할 통나무 더미들이 산처럼 쌓여 있었다. 이바노프는 그 일을 할 일꾼들을 꾸리라는 상관의 명령을 받았다. 아버지는 그중 한 무리에 배치되었다. 모두 빵 두 덩어리와 훈제 생선을 두 마리씩 받고는 기차역으로 보내졌다. 목적지에 도착한 뒤, 이들은 집단 농장의 책임자에게 넘겨졌다. 일꾼들은 지역 주민들 집에 따로따로 맡겨졌다.

아버지는 통나무를 강물에 흘려보내는 일이 끝날 때까지 어느 노부부와 함께 지내게 되었다. 밤이면 노부부는 웬만한 방만 한 크기의 러시아식 난로 위에 누워 몸을 지졌다.

집단 농장의 책임자가 그들에게 아버지를 소개했다.

"일을 도와줄 분을 데려왔소. 잘 대해 주시오. 키피아톡도 넉넉

히 주시고."

노부부는 고개를 숙이고 가슴에 손을 댔다. 그들은 아버지에게 "어서 오시우."라고 말하고 성호를 그었다.

그들의 집은 작고, 수수하며, 매우 깨끗했다. 벽에 걸린 스탈린의 사진 오른쪽에는 러시아 정교의 어느 성인을 그린 성화가 있었다. 또 그 왼쪽에는 훈장들을 주렁주렁 달고 있는 젊은 장교의 사진이 있었다. 사진을 보는 아버지를 향해 할머니가 눈물을 훔치며 말했다.

"내 아들이라우. 전쟁 영웅이지. 그 아이는 결국 돌아오지 못했다우. 독일군에게 당했거든. 하긴 우리나라의 젊은이들도 전쟁 중에 핀란드의 저격수들을 많이 죽였어."

할머니는 황제를 상징하는 쌍두독수리 휘장이 그려진 냄비에 물을 끓이며 말했다.

"내가 부모님으로부터 받은 유일한 물건이라우. 한때 잘 사셨거든."

아버지는 빵 반 덩어리와 생선 반 마리를 꺼내서 노부부에게 함께 먹자고 권했지만 그들은 거절했다. 그러나 음식을 바라보는 그들의 눈길에 아버지는 제발 같이 먹자며 간청했다. 결국 셋은 함께 키피아톡을 마시며 식사를 마쳤다.

"밖에 있는 소가 말라 죽어 가던데, 무슨 일인가요? 치료할 수 없다면 잡아먹으면 되지 않나요?"

아버지의 질문에 노인이 설명했다.

"그 소는 정부 거지, 우리 게 아니라우."

"여름이 짧긴 해도 가축에게 먹일 좋은 목초가 많은데요."

"작년 여름은 유난히 짧았다우. 우리는 일손이 부족해서 할당량을 다 채우기도 벅찼지. 틈이 없으니 가축 먹일 목초를 무슨 재간으로 모아? 지금은 우리 먹을 식량도 부족하다우. 할당량을 못 채운 대가지. 고기를 먹는 건 금지되어 있다우."

그러고 나서 노인은 아버지에게 제1차 세계대전 중 러시아 황제인 차르의 군대에서 복무한 이야기를 해 주었다. 1914~1915년 겨울을 폴란드의 우치 근처 참호 안에 숨어 지내던 이야기였다.

"처음에는 차르의 군대가 많이 이겼지. 오스트리아인들한테 갈리시아를 조금 빼앗았어. 우리는 승리를 확신하며 베를린으로 진군했다우. 하지만 독일인들의 계략에 당하고 말았지. 글쎄 놈들이 갑자기 후퇴하는 거야. 숨겨 놓은 마이크에서 러시아 군가가 울려 퍼졌지. 놈들은 우리를 숲과 커다란 늪들이 있는 서프로이센으로 유인했어. 아군은 처참하게 짓이겨졌다우. 차르 군대가 여기서 패배하는 바람에 1917년에 볼셰비키 혁명이 일어나고 소련 정권이 수립된 거야. 동지는 유대인이니 성경에서 이집트 군대가 홍해에서 익사한 이야기를 알고 있을 거야. 우리도 익사한 셈이라우."

20

유라 정착촌을 떠날 때가 되었다. 우리는 에스더 레이첼 그린버그가 약속했던 대로 중앙아시아의 소비에트 공화국들이 있는 남쪽으로 갈 수 있는 자유를 얻었다. 앞으로 기나긴 여행을 해야만 했다.

슬프지만 바냐와 새끼 염소들은 함께 갈 수 없었다. 그래서 부모님은 출발하기 전 수컷 새끼를 길양식으로 도살하기로 했다. 나는 너무 화가 나서 고기엔 손도 대지 않았다.

제4장
투르키스탄 I

남쪽으로 가는 길은 멀고도 힘들었다. 인원이 적은 우리 일행은 두 달 넘게 화물 열차를 타고 갔다. 열차표가 없었기 때문에(살 돈이 없었거나 표 자체를 구할 수도 없었을 것이다.) 발각되면 체포될까 봐 두려웠다.

기차역에 설 때마다 다시 출발하기까지 오래 기다려야 했다. 며칠은 기본이고 몇 주 동안 열차를 기다릴 때도 있었다. 샤워는 꿈도 꿀 수 없었고 바닥에서 자는 노숙자 신세로 지냈다. 침대에 누운 느

낌조차 잊고 말았다.

'바닥에서 잤다'고 해서 진짜 그 모습을 상상해서는 안 된다. 우리가 남쪽으로 가는 동안에도 진격하는 나치군을 피해 수천 명이 탈출하고 있었다. 기차역에 있던 수많은 사람들은 누울 만한 공간이 있는 열차라면 가리지 않고 점령했다. 바닥에 누워서 몸을 제대로 뻗으려면 비가 오지 않기를 바라면서 열차 밖으로 나갈 수밖에 없었다. 춥고 딱딱한 땅바닥에 누워 있으면 온몸이 배겼고, 들짐승처럼 한쪽 눈을 뜨고 자야 했다. 강도 짓을 하거나 사람을 죽이기도 하는 도둑들과 범죄자들 때문이었다.

이런 상황 속에서 몇 달을 여행하다가 지친 부모님과 호니그만 부부, 레이첼 간호사는 투르키스탄에 도착하자 그곳에 머무르기로 결정했다.

2

투르키스탄은 소비에트 연방의 카자흐 공화국에 있는 작은 도시였다. 그곳은 바르샤바나 소련의 수도인 모스크바보다 이란, 아프가니스탄, 중국에 훨씬 더 가까웠다. 우리가 도착해 보니 그곳은 중세 때 생활 방식을 거의 그대로 유지하며 사는 것 같았다.

거리에는 포장도로나 인도도 없었고 흙, 짚, 낙타 똥으로 지은 집들은 납작하고 투박했다. 집 안마당은 높은 벽과 좁은 골목으로 빙 둘러져 있었다.

그곳에 살던 무슬림들은 중세 때 티무르가 지배하던 시절의 이

야기를 늘어놓았다. 마치 그 일이 1917년 볼셰비키 혁명 직전에 끝난 듯, 티무르가 통치한 이후 500년 동안 그보다 더 중요한 일은 전혀 없었던 것처럼 말이다.

투르키스탄에는 러시아인들과 카자흐인들이 살았다. 그곳은 철로를 가운데 두고 두 지역으로 나뉘어 있었다. 우리는 크기가 아주 작고 바닥이 흙으로 된 방 하나를 찾았다. 그때가 1942년이었고, 나는 일곱 살이었다.

내게 투르키스탄은 낯선 관습과 처음 보는 동물이 가득한 새로운 세계로 보였다. 카자흐 여자들은 길고 두꺼운 치마를 입었다. 그들은 치마로 가려야 할 곳을 가리고, 길 한복판에서 몇 분 동안 쪼그리고 앉아 있다가 일어나서 걸어가곤 했다. 나는 그들이 남기고 간 작은 웅덩이들을 보았다. 처음에는 그들이

생리 현상을 처리하는 방법에 충격을 받았지만 곧 그러려니 했다.

대부분의 카자흐 남자들은 면도날처럼 날카로운 초승달 모양의 단검을 허리띠에 차고 다녔다.

투르키스탄에는 낙타와 당나귀 들이 많았다. 나는 카자흐인들이 거리에서 낙타 똥을 모으는 것을 구경했다. 이들은 똥을 햇볕에 말린 뒤, 피타(이스트를 넣지 않고 구운 둥글고 납작한 빵 -옮긴이)를 굽는 작은 진흙 화덕의 땔감으로 썼다.

카자흐 여자들은 커다란 돌덩어리 두 개를 이용해서 직접 밀을

갈았다. 그들은 성냥이 없었다. 그래서 남자들은 화덕 안의 낙타 똥에 불을 붙이기 위해 부싯돌, 심지, 그리고 작은 금속 조각을 가지고 다녔다. 여자들은 뜨거운 화덕의 안쪽 벽에 납작하고 둥근 반죽을 붙인 뒤 피타가 다 구워지면 벽에서 떼어 냈다.

3

투르키스탄에 온 지 얼마 안 되었을 때, 아버지가 사라졌다.

우리는 겁에 질렸다. 아버지에게 무슨 일이 일어난 걸까? 죽은 걸까? 살아 있을까? 아버지가 어디로 갔는지, 또 아버지에게 무슨 일이 일어났는지, 우리는 전혀 알 수 없었다.

"아버지는 어디 있어요? 아버지는 돌아오나요?"

나는 어머니에게 자꾸만 물었지만 어머니는 대답이 없었다.

아버지가 사라진 이유가 무엇이든 우리의 삶에 관한 한, 우리는 버려졌다. 이제 가여운 어머니의 어깨에 매달려 살아남아야 했다.

우리에겐 먹을 것이 절실했다. 유라 정착촌에서 호되게 앓았던 어머니는 아직도 시들시들했다. 하지만 어머니는 일자리를 찾아야 했다. 겨우 구한 일은 근처 공사장에서 점토 벽돌을 나르는 일이었다.

일은 무척 힘들었다. 어머니는 물에 젖은 솜뭉치가 되어 집에 돌아오곤 했는데 한 걸음 내디딜 때마다 땅속으로 꺼지는 것 같다고 말했다.

어머니가 일을 나가면 나는 집에 혼자 있었다. 정확히 말하자면 다른 집들과 똑같은 재료로 만든 벽으로 둘러싸인 작은 방이었다. 어머니가 받는 돈은 너무 적어서, 먹을 것을 제대로 사기도 힘들었다. 그래서 나는 늘 배가 고파 비실거렸다.

4

나치의 군대는 소련 영토를 더 깊숙이 파고들었다. 그들은 코카서스의 유전을 장악하는 게 목표였다. 코카서스로 가는 길에 체첸 공화국이 있었다. 소련에 적대적이었던 체첸인들은 독일군을 소련의 적으로 여겼다. 그래서 독일군을 해방자로 여기고 진격에 기뻐하며 히틀러에게 백마를 선물로 보냈다는 소문이 들렸다.

얼마 후 소련은 독일군을 물리쳤다. 그리고 이에 대한 보복으로 수천 명의 체첸인들을 추방했다. 어느 날, 체첸에서 추방된 사람들로 가득한 화물 열차가 투르키스탄에 도착했다.

5

그 시절 우리는 늘 배를 곯았다. 상한 음식 찌꺼기라도 뒤져 볼 쓰레기통조차 없었다. 정말 아무것도 없었다. 끔찍한 상황이었다.

굶주림을 한 번도 겪어 보지 못한 이에게는 그런 상황에 대해 설명하기 어렵다. 배 속은 거의 텅 비어 있었는데, 마치 위산이 속을 후벼 파는 것 같았다.

언젠가 내가 계속 배를 곯아 힘들어 하자 어머니는 잠시나마 속을 달래 주려고 풀로 완자를 만들어 주었다. 나는 좋아하며 그것을 먹었지만 위가 많은 소와 다르게 내게는 위가 하나뿐이라 풀로 만든 완자를 소화시키지 못했다. 먹자마자 심한 설사가 나서 허겁지겁 변소로 달려가야 했다.

투르키스탄에서 변소에 가는 것은 모험이었다. 우리가 사용하는 변소는 가릴 것을 가리기 위해 야트막한 점토 벽이 둘러쳐져 있었다. 그러나 지붕은 없어서 일을 보다가 날씨가 사나워지면 곤란해졌다. 변기는 땅바닥에 구멍만 뚫어 놓았을 뿐 걸터앉을 곳은 당연히 없었다. 아래를 내려다보면 흰 구더기 수천 마리가 곰실거리며 잔치를 벌이는 것이 보였다. 화장지도 없어서 우리는 돌을 사용했다. 설사 때문에 수없이 밖으로 뛰쳐나가 매끄럽지 않은 돌로 아랫부분을 닦는 재미를 상상해 보시라. 풀로 만든 완자를 먹을 가치가 있었을까?

6

영양이 부족해 비실거리다 보니 나는 심하게 아팠다. 세 가지 치명적인 병이 나를 괴롭혔는데 그중 하나는 수막염이었다.

어머니는 나를 병원에 데려갔다. 1941년 나치의 침공 이후, 약이란 약은 모두 붉은 군대에서 쓰기 위해 최전방으로 보냈다. 병원에는 약도 없고 음식도 거의 없었다. 거기서조차 나는 배가 고팠다. 내가 어떻게 살아남았는지는 도저히 설명할 길이 없다. 병원에 얼마나 오래 있었는지 기억나지 않지만 마침내 퇴원했을 때, 나는 너무도 마르고 쇠약해져서 산들바람만 불어도 땅바닥에 쓰러질 정도였다.

밤마다 나는 배 속이 텅 빈 채 잠자리에 들었고, 온종일 빵 한 조각밖에 못 먹은 적도 있었으며, 아예 아무것도 못 먹은 날은 더 많았다. 속을 후벼 파는 굶주림에 잠을 자기도 힘들었다.

다정하고 가엾은 어머니는 나를 배부르게 해 줄 수 없었다. 그러나 내 정신만은 놀라울 정도로 살찌워 주었다. 그래서 나는 우리가 처한 상황에서 잠시나마 벗어날 수 있었다.

어머니는 나에게 많은 이야기들을 들려주었다. 확실히 기억하는

이야기와 때로는 반만 기억하는 이야기에 나름대로 줄거리와 결말을 만들거나 바꿔 덧붙이곤 했다. 그래도 상관없었다. 뭐든 상관없었을 것이다. 그리스 신화, 동화, 어머니가 읽었거나 들었던 이야기, 예전에 본 영화 등 나는 어머니가 들려주는 이야기에 늘 감사했고 그것들을 사랑했다. 이야기는 상상의 나래를 펴게 했고, 이야기에 대한 내 평생의 사랑과 이야기가 중요하다는 믿음에 씨앗을 뿌렸다. 그리고 이야기는 나를 머나먼 곳으로 데려가 다른 사람들의 삶을 간접적으로 경험할 수 있게 해 주었다.

"어머니, 전쟁이 끝나면 우리는 무엇을 먹을 거예요?"라고 내가 물으면 어머니가 들려주던 이야기를 나는 가장 좋아했다.

어머니는 나의 질문에 이렇게 대답하곤 했다.

"버터를 듬뿍 바른 둥근 빵을 먹을 거란다."

"몇 개나 먹을 수 있어요?"

그러면 어머니는 "네가 먹고 싶은 만큼 많이."라고 대답했다.

나는 상상조차 제대로 할 수 없었다. 어머니는 전쟁 전에 친척이 운영하는 빵집에서 일했었다. 내가 이야기를 더 들려 달라고 조르면 어머니는 이렇게 말했다.

"아름다운 새하얀 천을 씌운 식탁 위에, 갓 구운 둥근 빵을 넣은 바구니가 놓여 있을 거야. 구수한 향이 방 안에 솔솔 풍기겠지. 노릇노릇한 빵은 겉은 딱딱하고 바삭바삭하지만 속은 새하얗고 부드럽고 폭신할 거야. 빵에는 달콤한 버터를 듬뿍 바를 거야. 네가 한 입 먹으면, 입안에서 사르르 녹겠지."

나는 또 물었다.

"전쟁이 끝나면 또 무엇을 먹을 거예요?"

"진하고 달콤한 코코아도 마시자꾸나."

코코아 얘기를 더 해 달라고 조르면 어머니는 말했다.

"음, 생크림과 우유를 가져와서 코코아 가루와 설탕을 넣고 끓일 거야. 잘 저어 잔에 부으면 위에 멋진 거품이 올라올 테고. 한 모금 마시면 꿀처럼 달콤하고 비단처럼 부드럽겠지."

나는 그 이야기들을 걸신들린 듯 허겁지겁 먹고 들이마셨다. 이야기를 수없이 반복해서 들어도 좋았다. 나는 자꾸자꾸 이야기해 달라고 어머니를 졸랐다. 어머니는 상냥하고 참을성 있게 되풀이해 주었다. 나는 버터를 바른 둥근 빵 맛을 상상해 보려고 무척 애써 봤지만 내가 느낄 수 있었던 건 배가 고플 때 느끼는 속 쓰린 맛뿐이었다.

전쟁이 일어나기 전에 바르샤바에서 부모님은 겨우 네 살인 나를 데리고 월트 디즈니의 〈백설공주〉를 보러 갔다. 내가 본 첫 영화였다.

투르키스탄에 살 때, 백설공주와 일곱 난쟁이들이 나를 보러 온다고 했다면 나는 전혀 놀라지 않았을 것이다. 그러나 누군가 찾아와 버터를 듬뿍 바른 둥근 빵을 줬다면 나는 분명 이건 꿈이라고 생각했을 것이다.

당시에는 흰 빵 같은 건 없었다. 운이 좋으면 검은 빵 한 조각을 먹었다. 밀가루보다 물이 더 많이 들어가 절대 제대로 구워지지 않았다. 검은 빵은 전통적인 빵이라기보다는 본을 뜰 때 쓰는 점토와 비슷했다.

빵이 떨어지면(자주 그랬다.) 어머니는 내 주의를 다른 데로 돌리려고 아껴 두었던 빵 부스러기들을 주물러 조그만 얼굴을 만들곤 했다. 거기엔 온갖 표정이 실려 있었다. 어떤 것들은 웃겼고 어떤 것들은 슬펐다. 어머니는 솜씨가 매우 좋았다.

한참을 들여다본 다음, 우린 그것들을 먹었다. 빵 부스러기를 낭비할 여유는 없었다.

그림 그리기는 배고픔을 잊게 하는 또 다른 방법이었다. 어머니가 건설 현장에서 노예처럼 일하는 동안 나는 홀로 집에 있었다. 그럴 때 그림을 그리면 시간이 잘 갔다.

전쟁 전에 나는 아버지가 읽는 신문의 위아래 여백에 행진하고 있는 막대 사람들을 그렸다. 아버지는 신경 쓰지 않았다. 오히려 내 예술적 시도를 칭찬했다. 물론 내가 그린 막대 사람들이 고분고분 여백 안에만 있고, 기사 위로 행진하지 않은 경우에만 말이다. 내가 신문에 그린 막대 사람들을 아버지가 못마땅해 할 이유가 있겠는가? 내가 예술가가 될 것이라는 아버지의 예언을 생생하게 증명해 주고 있는데!

그러나 모두 오래전 추억일 뿐이었다. 이제는 어머니가 공사장에서 돌아오기만 기다리는 심심한 날들만 끝없이 이어졌다. 어머니는 지치고 우울한 모습으로 집에 돌아왔고, 나는…… 어머니가 없는 시간 동안 혼자 뭘 하긴 해야 했다.

이전과 마찬가지로 그림, 그림, 그림 그리기가 최선이었다. 그러나 이제는 종이나 연필 없이도 그림을 그릴 수 있는 방법을 찾아야 했다. 나는 목탄 대신 반쯤 타 버린 나무 조각을 썼다. 운이 좋으면 나무껍질, 마른 잎, 찢어진 판지에 그림을 그릴 수 있었다. 물감 대신 꽃잎이나 초록색 잎을 으깨어 쓰기도 했다. 나는 그것들을 짜 내서 그림 위에 문지르곤 했다. 그러면 색 비슷한 게 어렴풋이 보였다.

때로는 작은 방 바깥의 땅바닥을 나뭇가지로 긁어서 그림을 그렸다. 또 어떤 때는 조약돌로 머리를, 작은 나뭇가지로 몸을, 작은 나뭇잎으로 모자를 표현했다. 하지만 부족한 영양 탓에 금방 피곤해져서 그것도 그만해야 했다.

그러다가 허공에 대고 손가락으로 그림을 그리면 힘이 덜 든다는 걸 깨달았다. 지나가는 사람들이 보기엔 내가 미친 사람 같았을 것이다. 상관없었다. 나는 부지런히 그림을 그려 댔다.

어떤 때는 그냥 바깥을 쳐다보며 이웃집들과 담들을 멀리서 만져 보듯, 윤곽을 따라 손가락을 움직이기도 했다.

그것마저도 가끔 힘이 들었다. 그러면 나는 방에 누워 쉬면서 눈을 감고, 머릿속으로 그림을 그리거나 그려 둔 상상의 그림들을 보곤 했다.

나뭇잎 위에, 땅바닥에, 상상 속에서 그림을 그리거나 보는 것은 배고픔을 잊게 하는 것 이상이었다. 그것은 내 영혼의 안식처였다.

굶주린 데다 돈 한 푼 없는
어머니와 나는 산책에
나섰다.

걷다 보니 햇볕에 평화롭게 익어 가는
토마토 밭 앞이었다.

어머니는 자포자기한 상태였고
거의 미쳐 버릴 지경이었다.

자꾸만 망설이던 어머니가 나에게
속삭였다. 목소리가 너무 작아서
말을 되풀이해야 했다.
"유리야, 가서 토마토 좀 따 오겠니?"

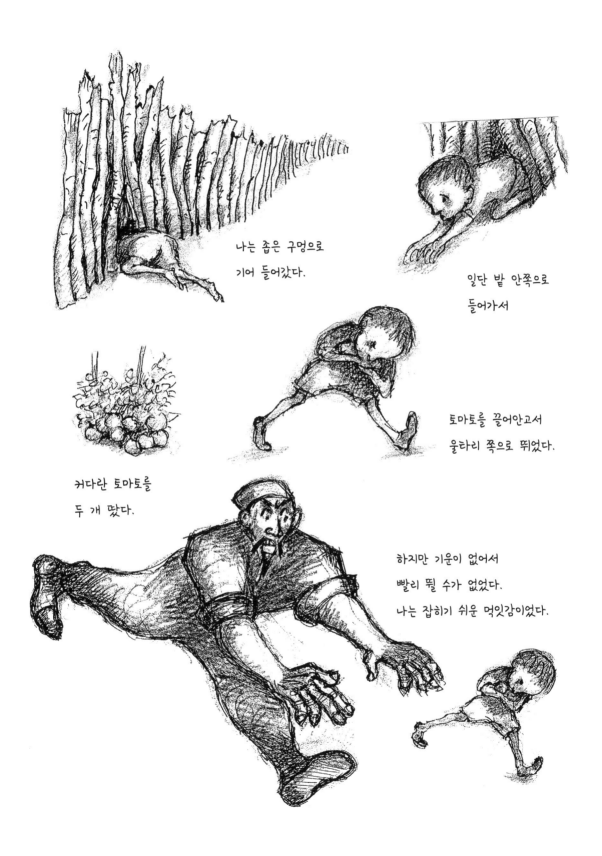

나는 좁은 구멍으로
기어 들어갔다.

일단 밭 안쪽으로
들어가서

토마토를 끌어안고서
울타리 쪽으로 뛰었다.

커다란 토마토를
두 개 땄다.

하지만 기운이 없어서
빨리 뛸 수가 없었다.
나는 잡히기 쉬운 먹잇감이었다.

카자흐인 일꾼이 나를
붙잡았다.

그는 토마토를 빼앗고

내 얼굴에 주먹을 세게 날렸다.
나는 몇 미터를 붕 날아가
땅바닥에 떨어졌다.

나는 꼼짝 않고 누워 있었다. 카자흐인은 잠깐
나를 내려다보고 서 있었는데 내게는 그 시간이
무척 길게 느껴졌다.

마침내 그가 자리를 떴다. 나는 새빨개진
얼굴로 기어서 밭을 빠져나왔다.
나는 어머니 쪽으로 간신히 기어갔다.

어머니의 얼굴은 흙빛이었다.

어머니는 넋 나간 듯 혼잣말을 했다.
"맙소사, 내가 무슨 짓을 한 거지?
어린 아들의 목숨을 토마토에 걸다니!
앞으로 이런 짓은 절대 하지 않겠어.
그러느니 차라리 죽어 버릴래."

우리는 아무 말도 하지 않고 집으로 걸어갔다.

우리의 삶이 이보다 더
비참해질 수 있을까?

이것은 가장 쓰라린 기억 중
하나이다.

어머니는 아버지를 다시 볼 수 있으리라는 희망을 모두 잃었다. 그래서 이 도시를 떠나 콜호스로 가는 게 낫겠다고 판단했다. 집단 농장에서는 살아남을 가능성이 더 높을 거라고 생각한 것이다.

콜호스로 이사한 뒤, 어머니는 들판에서 주요 작물인 사탕무를 거두는 일을 했다. 그곳에서 나는 또래 친구가 없어서 러시아인 할아버지가 가늘고 긴 나뭇가지로 바구니를 짜는 모습을 몇 시간씩 앉아서 바라보았다. 할아버지는 물이 가득 담긴 커다란 대야에 나뭇가지들을 담가 두었다. 그렇게 해야 가지가 말랑말랑해졌다.

콜호스에서는 오래 머물지 못했다. 내가 또다시 병에 걸리자, 어머니는 나를 투르키스탄에 있는 병원에 데려가기로 결정했다.

우리가 떠나기 전, 바구니를 짜는 다정한 할아버지는 나를 북돋아 주려고 내가 병원에서 돌아오면 바구니 짜는 법을 가르쳐 주겠다고 약속했다.

나는 열이 펄펄 끓었다. 어지러워서 걷기도 힘들었다. 가엾은 어머니는 나를 업고 가야 했다. 우리는 좁은 모래 길을 따라 투르키스탄으로 향했다.

콜호스를 1킬로미터쯤 벗어났을 때, 어머니는 작은 톱을 놓고 온 게 생각났다. 어머니는 톱을 가지러 집에 다녀와야 했다. 나를 업고 그 길을 오갈 수 없었기에 어머니는 내게 그 자리에 앉아서 기다리라고 말한 뒤, 서둘러 떠났다.

나는 카자흐의 대초원에서 어머니를 기다렸다. 눈길이 닿는 한 멀리까지 나무 한 그루 없이 가끔 바싹 마른 키 작은 관목들만 보이는 평야였다. 나는 좁은 길가에 앉았다. 살짝 높직한 곳이었다.

나는 오도카니 앉아 끙끙 앓았다. 개미 새끼 한 마리 눈에 띄지 않았다. 시간은 느릿느릿 흘렀다. 어느 새 날이 어둑어둑해지고 있었다. 나는 기다렸다.

어느 순간 수탉이 우는 소리가 들렸다. 그 소리는 멀리서 어렴풋이 들려왔다. 어머니는 여전히 돌아오지 않았다. 나는 계속 기다렸다.

해가 거의 저물 무렵, 드디어 어머니가 돌아왔다. 빨갛게 달아오른 얼굴에서 땀방울이 뚝뚝 떨어졌다. 어머니의 손에는 작은 톱이 들려 있었다.

길을 잃은 어머니는 내가 있는 곳을 다시 찾기 힘들었다고 했다.

어머니가 계속 나를 불렀는데 열이 심했던 나는 그것을 수탉 울음 소리로 알았던 것이다.

길을 잃은 것은 그날 어머니에게 일어난 일 중에서 가장 작은 일이었다. 어머니가 집에서 작은 톱을 챙긴 뒤, 내게 돌아오려고 다시 길을 떠나 콜호스 가장자리까지 왔을 때, 카자흐 남자들 한 무리가 어머니를 에워싸며 길을 막았다.

그중 한 명이 나서서 어머니를 덥석 잡으려는 찰나, 어머니가 번개같이 그의 얼굴에 톱을 휘두르는 바람에 남자의 뺨이 베여 피가 흘렀다. 그들은 놀라서 멈칫하더니 순순히 어머니를 놓아 주었다. 그들의 마음이 바뀔까 봐 두려웠던 어머니는 거의 뛰다시피 하며 빠르게 걸었다. 그리고 곧 어둠 속으로 스며들었다.

용감한 내 어머니!

어머니는 천성이 상냥하고 부드러운 사람이었지만 위기의 순간에 단호하게 대처했고 뜻하지 않은 용기를 보였다. 훗날 어머니는 카자흐인들이 못된 짓을 하려 했을 때, 이런 생각이 머릿속을 스쳐갔다고 말했다.

'나는 혼자야. 날 도울 사람은 아무도 없어. 아픈 아들이, 그 어린 것이 나를 기다리고 있어. 내가 돌아가지 못하면 그 아이는 죽게 될 거야.'

우리는 콜호스로 다시는 돌아가지 않았다. 내가 바구니 짜는 사람이 될 일은 전혀 없었다. 들짐승들이 어슬렁거리는 카자흐의 대초원에서 무방비로 오도카니 있었던 때를 떠올리면서, 내가 있던 곳으로 돌아온 어머니 눈에 뼈 무더기만 보이는 상상을 한다. 그런 생각을 하면 온몸이 부르르 떨린다.

투르키스탄으로 돌아와 나는 또 병원 신세를 졌다. 어머니는 건설 현장으로 돌아가 일했다. 우리는 예전에 머물렀던 방으로 다시 들어갔다.

투르키스탄 시절의 나. 일곱 살 반이나 여덟 살 무렵

어느 날, 나는 우리 방의 흙벽을 그림판으로 써먹었다. 늘 하던 대로 막대 사람부터 그렸다. 그것들이 진짜 사람들과 살짝 비슷한 느낌이 들어 신났다.

그러나 일을 마치고 돌아와 내가 그린 벽 장식을 본 어머니는 달 가워하지 않았다. 이제 어머니는 나의 발전에는 별다른 관심이 없 었다.

어머니는 화를 냈다.

"유리야, 대체 뭘 한 거니? 집주인이 우리를 길바닥으로 내쫓으면 어떡하려고!"

어머니가 옳았다. 흙벽에 한창 그림을 그릴 때, 미처 그런 생각은 하지 못했다. 할 말이 없었다.

그날 밤, 나는 부지런히 벽을 닦았다. 다행히 숯이 잘 지워져서 우리는 길바닥으로 쫓겨나지 않았다. 그러나 나의 자랑스러운 막대 사람들은 사라졌다.

여름이 되자 우리의 작은 방은 숨이 막힐 정도로 덥고 위험해졌다. 위험하다는 건 '팔랑가'라는, 독이 있는 타란툴라가 벽 틈새에서 나왔기 때문이다.

우리는 타란툴라와 더위를 피하기 위해 밖에서 잤다. 바깥의 밤은 더 시원했지만 그 나름대로 위험한 것들이 있었다. 때때로 비가 와서 우리는 집으로 들어가야 했다.

어느 날 저녁, 나는 어머니와 내가 잠자는 곳 근처에서 오른손을 땅바닥에 대고 앉아 있었다. 문득 바늘이 내 손가락을 찌르고 팔을 타고 계속 올라가는 기분이 들었다. 고통은 점점 심해졌다. 독이 있는 전갈에게 물린 것이었다. 극심한 고통이 사흘이나 이어졌다.

또한 끝없는 고생의 동반자였던, 피를 빨아 먹는 이도 나를 괴롭혔다. 아무리 애써 봐도 이는 사라지지 않았다.

카자흐인들이 이를 다루는 방법은 간단했다. 이를 잡아 앞니에 대고 엄지손톱으로 꾹 눌러 죽인 뒤. 터진 이의 몸통에서 튀어나온

피를 쪽 빨아먹곤 했던 것이다.

"어떻게 그러지요?"라고 물으면 그들은 이렇게 답했다.

"이건 내 피잖아. 빼앗긴 것을 도로 찾는 건데, 뭐."

제5장
투르키스탄 II

I

어느 날, 아버지가 다시 나타났다. 사라진 지 몇 달만이었다.

아버지는 '평화의 공물'로 커다란 양파를 가지고 돌아왔다. 어머니는 분노했다. 두 분은 오랫동안 격하게 말다툼을 했는데, 어떤 내용이었는지 나는 전혀 모른다.

아버지가 왜, 어디로 갔었는지 어머니에게 말했던가? 무슨 일이 있었는지 말했던가? 모르겠다. 어머니가 매우 화났다는 것, 그리고 나도 그랬다는 건 확실하다.

어머니와 나는 아버지를 용서하는 데 꽤 오래 걸렸다. 우리는 그 사건을 배신으로 여겼다. 용서한 뒤에도 상처는 영원히 남는다. 시간이 흐르며 조금씩 아물기는 하지만 완전히 잊혀지지는 않는다.

지금까지도 이 사건은 내게 의문으로 남아 있다. 아버지에게 그 일에 대해 물어보지 않은 것을 지금도 자책한다. 아버지는 이제 세상에 없기 때문에, 나는 결코 진실을 알지 못할 것이다.

아버지는 충동적인 면이 있었다. 내 추측으로는 호니그만 씨가 이란에서 조직 중인 폴란드군에 입대하기로 결정하고 허가를 받았다는 얘기에, 아버지도 그러려고 했던 것 같다. 아버지는 아마 충동적으로 입대하려고 했을 텐데, 거부당했을 것이다.

그 일이 있은 후, 아버지는 두 번 다시 우리를 떠나지 않았다.

전쟁 후, 폴란드 군복 차림을 한 호니그만 씨

2

공사장 일은 어머니의 힘에 부쳤다. 아버지가 돌아오자 마침내 어머니는 그 일을 그만둘 수 있었다.

아버지는 이제 어머니가 일하던 건설 현장으로 일하러 갔다. 아버지가 받는 돈도 적긴 마찬가지여서 우리 세 식구는 간신히 굶어 죽지 않을 정도였고, 불법 암시장에서 양식을 더 사 올 형편도 못 되었다.

나는 온종일 수탉처럼 꼬꼬댁거렸다.

"배고파! 배고파!"

결국 부모님은 나를 보육원에 맡기기로 결정했다. 혹시나 배를 덜 곯릴까 싶어서였다.

3

투르키스탄의 보육원에서는 아침에 하루치 음식을 한꺼번에 주었다. 두꺼운 검은 빵 한 조각이었다. 빵은 스펀지처럼 눅눅했다. 쥐어짜면 물이 뚝뚝 떨어질 것 같았다.

처음에 나는 아침에 받은 빵을 조금만 먹고 나머지는 나중을 위해 남겨 두었다. 그러나 나중이란 없었다. 나보다 크고 힘센 아이가 내 손에서 빵을 낚아챘다. 그 아이가 내 빵을 먹어 버렸지만 나는 너무 쇠약해서 싸울 기운이 없었다. 그 일을 거울삼아 그 뒤부터 나도 다른 아이들처럼 내 몫의 빵은 얼른 먹어 치웠다.

보육원 아이들은 아침에 일어나면 대부분 눈을 제대로 뜨지 못했다. 결막염으로 생긴 눈곱이 자는 동안 굳는 바람에 눈을 뜰 수 없었던 것이다. 그 병에 걸리지 않은 건 나를 비롯해 몇 명뿐이었다.

어느 날, 마당에 서 있었는데 눈에 염증이 있는 러시아 아이가 내 뒤로 살금살금 다가왔다. 그 아이는 자신의 눈에서 눈곱을 떼어 내 눈에 문질렀다. 그 아이가 말했다.

"이제 너도 우리랑 똑같아질 거야."

평등은 공산주의 소비에트 연방에서 큰 미덕이었다. 모두가 평등하지만 그중에도 더 평등한 사람이 있다는 것을 넘어가 준다면 말이다. 그래서 나는 '평등'해졌다. 결막염에 걸린 것이다.

더 이상은 참을 수 없었다. 이젠 충분했다.

부모님이 보육원으로 나를 보러 왔을 때, 나는 말했다.

"여기서 하루라도 더 있느니 차라리 집에서 굶는 게 낫겠어요."

그래서 부모님은 나를 집으로 데려왔다.

4

어느 날, 한 부부가 우리와 함께 살게 되었다. 바르샤바 출신의 작가와 그의 아내였다.

부모님과 새로 온 부부는 몇 시간씩 밤늦도록 이야기했다. 어떤 대화가 오갔는지는 모른다. 나는 전혀 관심이 없었다. 그저 배고픔의 고통 속에서 잠깐씩 잠이 선물하는 휴식만을 원했다. 나는 담요 속에 머리를 파묻다가 잠이 들곤 했고 그동안 어른들은 계속 대화를 나눴다. 아마 그것은 배고픔과 전쟁을 잊으려는 어른들의 방식이었던 것 같다.

철학자 데카르트는 말했다.

"나는 생각한다. 그러므로 나는 존재한다."

나는 철학자는 아니지만 그 당시에 "나는 배고프다. 그러므로 나는 존재한다."라고 말해야 할 상태였다. 데카르트 씨가 누군지 잘 모르지만 나는 내가 '존재'하는 상황에서 잠깐 벗어나기를 간절히 원했다.

5

나는 투르키스탄의 러시아 학교 1학년에 들어갔다. 우리가 사는 작은 방과 달리 학교는 우뚝 솟은 벽돌 건물이었다. 교실에는 칠판과 나무 책상이 있었다. 선생님은 젊은 러시아 여성이었다.

새 학교에 간 첫날, 선생님들은 우리가 소련에 대한 애국심을 드러내는 붉은 별을 달았는지 검사했다. 별을 달지 않은 아이들은 집으로 돌려보냈다.

대부분의 아이들은 금속으로 만든 반짝이는 별을 달고 있었다. 나는 아니었다. 그래서 나는 집으로 돌아왔다.

아버지는 작은 판지 조각을 찾아 별 모양으로 자른 뒤 빨간색으로 칠했다. 그제야 나는 교실에 들어갈 수 있었다. 그곳에서 나는 러시아어로 읽고 쓰는 법을 배웠다. 그리고 다른 난민 아이들과 친구가 되었다. 나는 오트리치니크(우등생)였다. 미술도 아주 잘해서 선생님과 학생들은 나를 호도즈니크(예술가)라고 부르기 시작했다.

6

제대로 먹지 못한 수많은 나날 중 하루였던 어느 날 오후 늦게, 아버지는 얼마 안 되는 돈을 주머니에 넣고 저녁거리를 사러 시장에 갔다. 저녁 시간은 성큼성큼 다가오는데 아버지는 돌아오지 않았다.

'아버지가 또 사라졌나?' 하며 나는 걱정했다.

다행히 아버지는 돌아왔다. 이미 어두워진 뒤였다. 아버지는 음식 대신 긴 종이 두루마리를 겨드랑이에 끼고 있었다.

"그게 뭐예요?"

나는 아버지가 들고 온 물건이 몹시 궁금했다.

"무엇을 사 온 거죠?"

어머니의 물음에 아버지는 두루마리를 펼쳐 보이며 말했다.

"아름다운 지도를 사왔어."

"지도라니! 먹을 것은 어쩌고요?"

"가진 돈이 너무 적어서 몇 시간 동안 먹을거리를 찾느라 헤맸어. 그 돈으로 살 수 있는 건 이 지도밖에 없더군."

"그러면 오늘 밤엔 저녁밥으로 지도를 먹어야겠네요."

어머니는 씁쓸하게 말을 맺었다.

나는 화가 났다. 내장들이 불타고 있었다. 그것들이 비명을 질러 댔다. 배고파! 밥을 줘, 지도 말고!

그날 밤도 나는 빈속으로 잠자리에 들었다. 우리와 함께 살던 부부는 아주 빈약하게나마 저녁 식사를 했다. 오! 작가인 남편의 씹는 소리가 얼마나 요란하던지! 그는 조그마한 빵 껍질을 마치 세상에서 가장 맛있는 빵 조각인 듯 열정적으로 씹었다. 나는 그가 그토록 기뻐하며 시끄럽게 쩝쩝거리는 소리가 안 들리게 담요를 머리끝까지 뒤집어썼다.

다음 날, 아버지는 벽에 지도를 걸었다. 지도에는 소련과 유럽, 아시아, 그리고 아프리카 일부에 속한 소련 주위의 나라들이 있었다. 칙칙한 방이 갑자기 색으로 가득 찼다. 정말 인정하기 싫지만 그 지도는 내 삶에 큰 영향을 끼쳤다.

나는 그림판으로 쓸 수 있는 것이라면 뭐든 주워 모아 지도 여기저기를 베껴 그리기 시작했다. 친구들과 지도 게임도 처음 해 봤다. 지도에 있는 한 곳을 골라 친구들에게 그곳이 어디인지 묻고, 그다음에 친구들이 나에게도 똑같이 물어보게 했다. 그러다 보니 나는 마음속으로 나라와 대륙과 대양을 넘나들며 여행할 수 있었다.

　지도를 보면서 이상하게 들리는 나라 이름들을 혀 안에 넣고 굴려 보았다. 그 이름들은 마음에 매우 깊이 새겨져, 나중에 그 이국적인 소리들로 운을 만들기도 했다.

　후쿠오카 타카오카 옴스크,

　후쿠야마 나가야마 톰스크,

　오카자키 미야자키 핀스크,

　리투아니아 트란실바니아 민스크!

　나는 몇 시간이나 지도 앞에서 온갖 곳을 여행하는 꿈을 꾸어 보고, 상상의 나래를 펴며 모험에 나섰다. 만약 아버지가 지도를 살 돈으로 흐물거리는 빵 조각을 샀다면 바로 먹고 잊어버렸겠지만 지도는 이토록 오랜 세월이 흐른 뒤에도 기억하고 있다.

열 살 때 그린 아버지가 사다 주신 지도의 일부분

7

이제 부모님 이야기를 해 보겠다.

아버지는 낙관주의자였다. 뭐든 다 잘 될 거라고 믿었다. 반면 어머니는 비관주의자였다. 앞날에 대해 별로 자신이 없었다. 어머니는 아홉 살 때 고아가 되었다. 그 뒤, 친척 집에 얹혀 살면서 하녀 취급을 받았다.

낙관주의자인 편이 건강에 훨씬 좋을 것이다. 아버지는 거의 아프지 않았기 때문이다. 반면에 비관주의자인 어머니는 자주 아팠다.

부모님은 서로를 깊이 아꼈다. 물론 아버지가 갑자기 사라졌던 일은 어머니를 깊이 아끼는 행동과는 거리가 멀다는 것을 안다. 하지만 가족에게로 돌아왔다. 그것을 '잠깐 중단된 아낌'이라고 하자. 왜냐하면 아버지가 다시는 사라지지 않았기 때문이다.

어쨌든 부모님도 사람이었다. 그래서 늘 의견이 같거나 서로에게 동의하는 건 아니었다. 가끔은 의견 차이로 목소리가 높아질 때도 있었다. 아버지는 충동적이었고 화도 잘 냈다. 때문에 자주 그러진 않았지만 말다툼을 했다 하면 매우 요란했다.

요란하든 아니든, 자주 그랬든 아니든, 부모님이 말다툼을 하면 어린 나는 너무나 속상했다. 그래서 부모님에게 가서 큰소리로 선언했다.

"난 절대 결혼하지 않을 거예요!"

그러면 아버지는 이렇게 말했다.

"어이구, *유레흐쿠*(꼬맹이 유리)야, 그런 말은 하지도 말아라. 결혼은 아주 좋은 거야."

나는 고개를 갸우뚱거렸다. 어머니도 이렇게 단언했다.

"사랑하는 유리야, 총각들은 사회의 적이란다."

나는 사회의 적이 되고 싶은 마음이 전혀 없었다. 게다가 결혼에 대해 생각할 시간은 아직도 차고 넘쳤다. 어른이 되면 내 생각이 어디로 흐를지 단정할 수 없었다.

당시 내가 확실하게 알 수 있었던 건 단 하나였다. 난 배가 고팠다.

어떤 난민들은 양식을 사기 위해 보잘것없는 소유물을 팔기도 했다. 바르샤바에서 온 난민이 도기 요강을 카자흐인에게 판 얘기를 우리에게 해 주었다.

"나중에 우연히 그를 만났어. 옛 친구를 본 듯 반가워해 주더군. 몇 마디 인사를 나누었지. 꼬리에 꼬리를 물고 이야기하던 중에 그가 나를 저녁 식사에 초대하는 거야. 배는 고파 죽겠고 이젠 팔 것도 없는 형편이었으니 그 초대가 어찌나 반갑던지! 우리는 관례대로 바닥에 깔린 카펫에 앉았어. 음식이 나오기를 기다리는 동안 나는 그에게 폴란드 시절 얘기를 늘어놓았어. 음식을 지지고 볶는 냄새가 방을 가득 채웠어. 밥 시간만 간절히 기다렸지. 얼른 먹고 싶은 마음 뿐이었어. 마침내 양고기를 넣은 볶음밥이 맛있는 냄새를 솔솔 풍기며 납작한 큰 접시에 담겨 나왔어. 알다시피, 무슬림의 전통에서는 환대가 굉장히 중요하잖아. 내가 귀한 손님 대접을 받다 보니, 내 음식은 특별한 그릇에 담겨서 나왔어. 그런데 내 앞에 놓인 그릇을 보니 배가 고픈데도 입맛이 뚝 떨어지더라. 볶음밥을 담은 그릇이, 바로 내가 쓰던 그 친숙한 도기 요강인 거야. 나는 주인을 모욕할 수 없었어. 그는 정말 선의를 베풀었고 그 그릇이 전에 어떻게 쓰였는지 전혀 몰랐으니까. 그런데 나는 다 알잖아. 그래도 음식을 즐기는 척을 해야 했어. 전에 폴란드에서 그 그릇을 어떤 용도로 썼는지는 잊으려고 애썼지. 한 입 한 입, 억지로 삼켰어. 말할 것도 없이 음식은 정말 맛있고 나는 꽤 굶주린 상태였지만 즐겁게 식사하지 못했어. 이 이야기의 교훈은, 우리는 우리가 하는 행동의 결과를 항상 예견할 수 없다는 거야."

어느 날, 나는 한 카자흐인이 마치 우아한 야회복이라도 입은 듯 '잠옷'을 입고 거니는 모습을 보았다. 분명 난민에게서 산 옷이었을 것이다.

9

아버지는 결국 건설 현장 일을 그만두었다. 입에 풀칠도 제대로 못 하는 돈을 받으며 힘들게 일할 이유가 없었기 때문이다. 대신 부모님은 비누를 만들어서 마을 시장에서 팔아 보는 등 이런저런 시도를 했다. 그러나 만족할 만한 결과는 없었고 우리는 계속 배가 고팠다.

어느 날, 아버지는 몇 년 전에 폴란드에서 직조기를 본 기억을 되살려 옷감을 짜는 직조기를 만들기로 결심했다. 아버지는 우리가 사는 작은 방 안에다가 목재로 직조기를 만들었다.

직조기를 제작하는 데 한 달 넘게 걸렸다. 직조기가 모습을 드러낼수록 우리가 생활할 수 있는 공간은 줄었다. 우리는 직조기를 빙 둘러싼 자투리 공간에서 살았다. 방의 이편에서 저편으로 가려면 벽을 따라 조심조심 게걸음으로 가야 했다. 우리와 방을 함께 쓰는 부부는 이해심과 참을성이 매우 많았다.

한참 고생한 뒤, 드디어 직조기가 모습을 갖췄다. 아버지는 그것을 작동시켰다. 우리는 기대에 부풀어 구경했다. 마침내 직조기는 가로세로 8×13센티미터 정도의 작은 천 조각을 짜 냈다.

직조기를 만드는 데 쓴 아버지의 영리함과 기술은 실용성과는 전혀 상관없다는 게 분명해졌다. 아버지는 재능이 많았지만 돈을 버는 재능만 없었다. 그래서 우리는 계속 배가 고팠다.

IO

투르키스탄에서는 정부 기관 말고는 아무도 전기를 사용할 수 없었다. 우리는 호롱불로 주위를 밝혀야 했는데 그러자니 유리 호롱이 필요했다. 하지만 유리 호롱은 자주 깨졌고 새로 구하기도 어려웠다. 이 문제를 해결하기 위해 아버지는 병으로 호롱을 만들었다.

우선 병 바닥을 등유를 적신 끈으로 묶은 다음, 실에 불을 붙였다. 실을 타고 불이 번질 때 아버지가 병 바닥을 돌멩이로 조심조심 때리면 마침내 병 바닥이 떨어져 나갔다. 내가 병의 거친 가장자리를 돌에 대고 부드럽게 갈아 내면 유리는 마침내 호롱으로 탈바꿈했다. 그러나 유리 호롱은 자주 금이 갔고, 그럴 때마다 또 새로 만들어야 했다.

II

우리가 투르키스탄에 온 지 1년이 넘었다. 전쟁은 여전히 들불처럼 번지고 있었다. 모든 것, 특히 식량이 심각하게 부족했다. 살아남기 위해 모두가 법을 어겼다. 머나먼 황무지에 있는 강제 노동 수용소인 시베리아의 굴라크에 몇 년간 갇힐 위험도 있었지만 그것을 막지 못했다.

아버지는 담배를 피우지 않았다. 그러나 골초들에게 담배는 빵보다 소중했다. 소련 카자흐 공화국의 알마아타와 타슈켄트 사이에 있는 잠불에서는 최고급 담배를 재배했다. 아버지는 어머니와 의논한 뒤, 위험을 무릅쓰고 잠불로 가서 담배를 사 와 투르키스탄에서 이윤을 남기고 팔기로 결심했다. 돈이 없었기 때문에 호니그만 씨와 동업자가 되어 돈을 미리 받았다.

마침내 아버지가 잠불에서 돌아왔고, 여행을 하며 겪은 온갖 이야기를 들려주었다.

"기차역에 가 보니 꼭두새벽인데도 열차를 기다리는 사람들로 북적북적하더라. 그런데 표가 없는 거야. 얼마 후 잠불행 열차가 왔는데 거기 타려면 차장에게 몇 루블을 건네야 했어. 그럼 고개를 돌리고 모른척해 줬거든. 열차는 만원이었어. 나도 표가 없는 다른 승객들처럼 몇 시간 내내 통로에 서서 가는 신세였지.

잠불에 도착하자마자 바로 중앙 시장으로 가서 담배를 샀어. 그러고는 얼른 집으로 가려고 헐레벌떡 기차역으로 돌아갔지. 그런데 도착해 보니, 헌병들이 병역 기피자들을 수색하면서 체포하고 있는 거야. 검문받을 차례가 되자 내가 얼마나 긴장했을지 상상이 가지? 난 내가 폴란드 시민이며, 붉은 군대의 복무 대상자가 아니라는 증명서를 보여 주었어. 다행이었지. 그러나 그들은 내 가방을 보겠다고 했고 당연히 담배 꾸러미를 발견했지. 헌병들은 나를 조사하려고 붙들어 놨어. 마침내 내가 조사받을 차례가 되자, 그들은 나더러 왜 그렇게 담배를 많이 가지고 있느냐고 묻더라. 그래서 나는 골초이고 이 담배는 오로지 나 혼자 피려고 산 거라고 말했지. 그러자 그들은 나를 놓아 주었어.

기차역에 있는 매점에서는 애국심을 고취시키는 책자들을 팔고 있었어. 문득 좋은 생각이 떠올랐어. 그 길로 표지에 레닌의 사진이 있는 책자를 샀지. 볼셰비키 혁명의 지도자였던 레닌은 소련의 수

호 성인이니까 말이야.

투르키스탄으로 돌아오는 열차에 탔는데 이번에도 몇 시간을 서서 왔지. 나는 레닌의 얼굴이 잘 보이게 책자를 들고 있었어. 열차에는 짐 검사를 하는 사람들이 있었는데 그들은 짐을 압수하거나 사람들을 체포하기도 했어. 나는 또다시 긴장했어. 그런데 그들은 레닌 사진이 실린 내 책자를 보더니 내 짐을 굳이 검사하지 않더라.

내가 꾀를 정말 잘 냈던 거지. 레닌 덕분에 나는 체포당하지 않았어. 한결 느긋해지더군. 노상 검문소들과 위험이 곳곳에 도사리고 있었지만 나는 체포되지 않고 담배도 압수당하지 않고, 투르키스탄으로 돌아올 수 있었어."

12

아버지는 투르키스탄으로 돌아왔다. 하지만 그의 모험은 아직 끝나지 않았다.

"도착해 보니 늦은 오후였어. 온종일 쫄쫄 굶었어. 열차를 오래 탔고 많이 긴장한 터라 배도 고프고 피곤했어. 기차역에 있는 식당에 잠깐 들러 수프와 빵을 먹었어. 그리고 집으로 갔어. 그런데 도착해 보니 황당하게도 집주인이 당신이 이사를 갔다면서 마을 반대

쪽에 있는 새 집의 주소가 적힌 쪽지를 건네는 거야. 나는 전혀 가
본 적 없는 낯선 동네로 급히 갔어. 갑자기 값이 더 싼 방이 나와서
다른 사람이 채 가기 전에 서둘러 들어가야 했나 보다 싶었지.

　나는 안마당들을 둘러싸고 있는 높은 담벼락 밑의 좁은 골목길을

걸어가면서 이사간 집을 찾아다녔어. 날이 점점 어둑어둑해지면서 집 찾기가 더 힘들었어.

좁다란 골목길을 걷고 있는데, 힘이 센 손이 내 배낭을 움켜쥐고 러시아어로 외치는 거야. '거기 서! 이 담배 투기꾼아!' 손의 주인은 다른 손으로 내 팔을 꽉 잡고 고함쳤어. '나는 경찰이다!'

그런데 그 남자의 억양이 러시아어가 아니라 폴란드어인 것 같더라고. 그래서 이놈도 난민이면서 러시아인인 척하나 의심이 드는 거야. 알고 보니 그 사람도 내가 러시아인이 아니라는 걸 알아차린 것 같았어.

이제 레닌은 나를 도울 수가 없었어. 난 혼자였고. 어떻게 여기까지 왔는데, 그토록 힘들게 가지고 온 담배를 포기할 마음은 전혀 없었지. 나는 격렬하게 저항했어. 강도와 몸싸움이 시작되었지. 상대방은 힘이 세고 나만큼 지치지 않은 건 분명했어. 그런데 갑자기 그 강도가 바르샤바 억양의 이디시어로 말하기 시작했어.

'속아 넘어가지 않는군. 당신도 아내가 있을 테고, 어쩌면 아이도 있겠지. 내 아내와 나도 투기꾼인 당신 못지않게 밥벌이를 해야 해요. 그래, 난 강도요. 난 내 일을 하고 있는 것뿐입니다. 강도도 양심은 있어요. 당신이 동포니까 제안하는데, 담배를 반씩 나눕시다.'

골목엔 아무도 없었어. 주위에 개미 새끼 한 마리 안 보였지. 강
도는 힘이 셌고 나는 매우 지쳤어. 그 남자를 어떻게 제압해야 할지
모르겠더라. 그를 이긴다 한들, 다른 강도나 흉악범이 또 나타날 수
도 있잖아. 나는 그 '너그러운' 제안을 받아들이는 게 현명할 것 같
다고 판단했어. 그래서 물었지.

'그럼 어디서 나눌까요? 여기, 이 골목에서요?'

그가 말했어. '우리 집으로 갑시다. 이 근처예요. 당신에게 해를 끼치지 않겠다고 강도의 명예를 걸고 맹세하지요. 내 이름은 킹입니다. 명예로운 이름이죠. 난 투르키스탄에서 유명해요. 강도들 간의 다툼도 내가 해결해요. 괜찮다면 우리 집에서 하룻밤 자고 가도 돼요.'

달리 어쩔 수 없다는 생각이 들었어. 이렇게 어두운데 당신과 유리가 이사간 집을 어떻게 찾겠어? 그래서 말했지.

'그럽시다.'

킹의 집은 그리 멀지 않았어. 호롱불이 켜져 있더군. 그의 방에 들어가자 기름에 튀긴 팬케이크 냄새가 나는 거야. 킹은 자기 아내에게 말했어.

'브로니아, 뜻밖의 손님도 모시고 왔어. 우리처럼 난민이야. 길거리에서 만났지. 우리는 거래를 했어. 이분이 자기 담배의 반을 포기하겠대. 대신 여기서 하룻밤 묵으실 거야.'

마찬가지로 바르샤바 출신인 그의 아내 브로니아가 말했어.

'편히 쉬세요. 여기서는 걱정하실 게 없어요. 제 남편이 남의 물건을 뺏긴 해도 양심적이고 착하답니다.'

'여보, 브로니아! 손님도 나도 배가 고파. 당신이 만든 맛있는 팬케이크 좀 먹읍시다.'

킹은 보드카 한 병을 꺼내서 잔 세 개에 따르고는 내게 물었어.

'어디서 오셨소?'

바르샤바에서 왔다고 하니 킹은 '우리의 도시를 위해 건배합시다.'라고 말했어.

나는 나를 등친 강도와 건배하기 싫었지.

'술을 먹으면 안 됩니다. 인후염에 걸렸거든요. 하지만 팬케이크는 먹겠습니다.'

팬케이크를 먹으면서 나는 생각했어. 강도짓이나 해야 이렇게 맛있는 음식을 먹을 수 있겠구나.

킹과 브로니아는 보드카를 단숨에 비웠어. 식사 후에 킹이 말했어. '자, 이제 담배를 나눕시다.'

담배를 나누고 나서 브로니아는 내 잠자리를 마련해 주었어. 킹이 물었어.

'당신 몫의 담배를 어떻게 하시려고? 시장에 내다 파시려고? 내게 팔아요. 좋은 값을 쳐 줄 테니.'

시장에서 검문을 당할 수도 있고, 그렇게 되면 경찰이 담배를 압수할지도 모르잖아. 그래서 나는 내 몫을 팔기로 했어.

킹이 나에게 돈을 주더니 말했어.

'우리 집에서는 걱정 놓으세요. 여긴 안전해요. 물론 밖은 얘기가 다르지만.'

그날 밤엔 자꾸만 눈이 떠졌어. 주기적으로 일어나서 내 돈이 그대로 있는지 확인했어. 빨리 아침이 오기만 고대했지.

마침내 아침이 되자, 킹이 말했어. '잃어버린 것 없지요? 돈은 그대로 다 있지요?'

나는 고개를 끄덕였어.

'차 한 잔 드시고 가세요.'

브로니아의 말에 나는 대답 대신 새 주소가 적힌 쪽지를 보여 주었어.

'여기가 어딘지 아시나요?'

그녀는 집주인의 이름을 보고 창백해지더니 곧 기절할 듯한 표정으로 간신히 이렇게 말했어.

'집주인 이름이 유다야트네요. 우리 집주인이예요. 어느 부부와 바르샤바 출신의 유리라는 아이를 키우는 여자가 바로 옆방으로 이사왔어요. 그 여자가 댁의 아내인가요? 그럼 우리는 서로 이웃이군요.'

브로니아는 나를 당신 방으로 안내했어. 어찌나 약이 오르던지.

얇은 벽 건너편에 당신이 있는 걸 알았다면 내 담배를 절대 강도에게 내주지 않았을 거야."

부모님은 옆방에 사는 킹과 브로니아와 안마당에서 자주 마주칠 수밖에 없었는데, 그럴 때마다 그 부부는 부모님을 어색하게 대했다.

킹은 이렇게 말했다.

"내가 이웃의 재산을 털었다는 건 전혀 몰랐어요. 하지만 지난 일은 흘려 보냅시다. 과거일 뿐이니까요. 앞으로 서로 친해졌으면 좋겠군요."

부모님은 그들과 친해질 생각이 전혀 없었고 그들은 결코 친해지지 못했다.

13

직조기를 시작으로 하나같이 쓸모가 없는 아버지의 사업은 모두 실패했다. 담배 모험도 크게 성공하지 못했다. 게다가 소련에서 투기를 하는 것은 법에 어긋났다. 시베리아의 강제 노동 수용소로 끌려갈지도 모르고, 그러면 우리는 두 번 다시 못 만날 수도 있었다.

아버지는 합법적인 일자리를 찾아야 했다. 다행히 신발 공장에서 일을 얻었다. 아버지는 눈썰미가 좋았다. 새 신발과 부츠를 만드는 법은 물론, 낡은 신발을 수선하는 법도 배웠다.

보수는 건설 현장보다 크게 나을 것도 없었지만 일이 그만큼 고단하지 않았고, 새로운 기술도 배우는 데다 이글거리는 뙤약볕 아래에서 일할 필요가 없었다.

14

어머니가 또다시 병에 걸렸다. 아버지는 어머니를 병원으로 데려갔다. 내게는 너무도 길게 느껴졌던 입원 기간 동안 어머니는 그 당시로는 드문 호사를 누렸다. 하루에 한 번 진짜 차 한 잔과 특별 간식인 작은 각설탕을 받았던 것이다. 어머니는 각설탕을 차에 녹여 먹지 않고 아껴 두었다.

어머니 침대 옆에는 다른 여자의 침대가 있었다. 그녀는 삽화가 많이 실린 러시아어로 된 책을 가지고 있었다. 어머니는 그녀와 오랜 협상을 한 끝에 각설탕과 책을 맞바꾸었다. 퇴원 후 드디어 집에 돌아온 어머니는 그 책을 내게 주었고, 덕분에 나는 세상에서 가장 행복한 아이가 되었다.

내가 가진 첫 책이었다. 그 책은 프란스 마세릴(Frans Masereel)의 목판화가 실린 찰스 드 코스터(Charles De Coster)의 《틸 오일렌슈피겔(Till Eulenspiegel)》을 러시아어로 번역한 책이었다.

책을 읽는데⋯⋯ 잠깐, 읽는다고? 아니, 나는 그 책을 읽지 않았다. 빨아들였다! 책의 마지막 부분에 이르자, 나는 이 책이 계속되기를 바랐다. 나는 더 많은 것을 갈망했다. 그래서 머릿속으로 그 이야기를 이어 나갔다. 눈을 감고 내가 소유하고 있는 영화라도 되듯 그것을 자꾸자꾸 보았다.

《틸 오일렌슈피겔》은 장난꾸러기이자 플랑드르 지방의 영웅인 틸과 그의 친구인 람 괴드자크(Lamme Goedzak)에 관한 이야기로, 틸의 고향이 스페인의 억압을 받고 있던 16세기가 배경이었다. 틸은 스페인 사람들이 주관하는 종교재판에서 억울하게 죽은 아버지를 위해 복수를 하려고 한다. 그리고 람은 자신을 떠난 아내를 찾아다니는 중이다.

틸은 길을 걷고 있고 작은 개 한 마리가 뒤따르고 있다. 그러다가 람 괴드자크를 처음 만난다. 람은 길가에 앉아 있었는데 옆에는 소시지와 포도주가 담긴 바구니가 놓여 있다. 고기를 입안에 그득 넣고 포도주를 홀짝이는 그의 투실투실한 양 볼에는 눈물이 흘러내리고 있다.

나는 군침을 흘리며 이 장면을 읽고 또 읽었다. 마치 나도 그 잔치에 함께 어울리며 먹고 마시는 것 같은 느낌이 들었다.

틸 오일렌슈피겔이 람을 만나는 장면.
잊을 수 없는 첫 책을 떠올리며 열한 살 때 그린 것이다.

15

우리는 지난주도 이번 주도, 지난 달도 이번 달도 겨우겨우 먹고 살았다. 그렇게 시간이 많이 흘렀다. 2년? 3년? 잘 모르겠다.

어느 날, 마차를 탄 남자가 주로 유대인 난민들이 모여 사는 우리 동네에 나타났다. 말과 마차는 투르키스탄에서 꽤 드물었다. 그런 개인 교통수단을 가진 사람은 틀림없이 매우 중요한 사람일 것이다. 소련 국영 공장이나 기관의 우두머리임이 분명했다.

그는 표지판을 그릴 수 있는 화가를 급히 찾고 있다고 알렸다. 이 말을 들은 어머니는 그에게 가서 말했다.

"감독 동지, 제 남편이 바로 그 사람이에요. 바르샤바 출신으로 간판을 아주 잘 그린답니다."

어머니는 그에게 기다리라고 말하고 퇴근해서 집에 있던 아버지에게 가서 중요한 분이 당신을 찾는다고 알렸다.

아버지가 나타나자, 그 사람은 아버지를 마차에 태워 자기 옆에 앉게 했다. 그것은 큰 영광이었다. 구경꾼들은 아버지를 부러워하며 바라보았다.

　도시를 떠나기 전에 그는 아버지에게 말했다.

　"나는 군수품 상점인 빈토르크의 책임자요. 당신의 허기부터 채워 드리지. 먼저 빈토르크에 들릅시다."

　상점에서 돌아온 그는 아버지에게 신문지에 싼, 노릇노릇 구운 먹음직스러운 빵 한 덩어리를 주었다. 아버지는 빵과 신문 둘 다 반가웠다. 열렬한 애독자인데 신문을 구하기는 하늘의 별따기였기 때문이다.

　그러고 나서 둘은 도시를 떠났다. 가는 길에 그 책임자는 러시아어에서 이디시어로 바꿔서 이렇게 말했다.

　"내 이름은 보리스 미르킨이요. 레닌그라드 출신이지요. 빈토르크를 운영하기 위해 투르키스탄에 와 있습니다."

　둘은 반쯤 허물어진 모스크 근처에서 멈췄다. 근처에 부하라 유대인(페르시아어에 속하는 유대-타지크어를 쓰는 중앙 아시아의 유대인 −옮긴이)들의 공동묘지가 있었다. 묘지는 방치되어 있었다. 관리인들은 모두 붉은 군대로 징집되었기 때문이다. 둘러봐도 보리스 미르킨과 아버지 외에는 아무도 없었다.

　울타리는 반쯤 허물어져 있었고 출입문도 부서져 있었다. 묘지에 외로이 서 있는 나무가 슬퍼 보였다.

미르킨은 말을 나무에 묶고 말에게 신선한 물 한 통과 여물을 가져다주었다. 말을 잘 거두는 사람인 게 분명했다.

그러고 나서 미르킨은 아버지를 어느 묘비로 데려가 말했다.

"사랑하는 내 아버지가 여기 누워 계십니다. 이분에 대한 기억을

축복하소서. 아버지는 우리가 투르키스탄에 도착한 직후에 돌아가셨어요. 전쟁이 끝나면 우리는 레닌그라드로 돌아갈 테고 사랑하는 아버지는 이곳에 홀로 남겨질 겁니다. 그러면 누가 이분을 위해 망자를 위한 기도를 올리겠습니까? 이런, 그 기도를 뭐라고 하는지 잊어버렸어요."

"카디쉬(애도자의 기도문―옮긴이)를 말씀하시나 봐요."

아버지가 말했다.

"다, 다(맞아, 맞아요)! 예술가 벗이여."

때때로 그는 주위를 돌아보며 다른 누가 있는지 확인했다. 왜냐하면 소련에서는 종교가 금지되었기 때문이다. 그 자리에는 미르킨, 아버지 그리고 평화롭게 풀을 뜯는 말 외에는 아무도 없었다.

아버지는 아람어로 망자를 위한 기도를 암송했고, 미르킨은 깊이 감동해서 눈물을 글썽이며 아버지를 따라 읊었다. 아버지는 전에 종교 학교에서 공부해서 히브리어와 아람어 기도, 각종 교리들을 잘 알고 있었다.

미르킨은 서쪽으로 130킬로미터 떨어진 부하라시의 부하라 유대인에게 묘비를 주문했는데, 곧이어 그가 징집되는 바람에 묘비의 히브리어 문자를 채색하거나 장식하지 못했다고 설명했다. 그는 아버지에게 반쯤 지워지고 바랜 히브리어 문자를 제대로 채색하고 묘비를 장식해 달라고 부탁했다.

아버지는 묘비를 채색할 물감을 구해 보겠다고 약속했다. 묘지에서 돌아올 때 그들은 오랜 벗 같았다.

16

얼마 지나지 않아 아버지는 어느 러시아인 과부가 세상을 떠난 남편의 물감과 붓을 팔고 있다는 이야기를 들었다. 성화 화가였던 그 여자의 남편은 독실한 러시아인들에게 몰래 그것들을 팔았고, 이들은 레닌이나 스탈린의 사진 옆에 성화를 걸어 놓곤 했다.

아버지는 그 과부에게서 유화 물감과 붓, 테레빈유를 샀다. 재료를 갖추자, 미르킨과의 약속을 지킬 수 있게 되었다. 아버지는 묘지로 가서 묘비의 히브리어 문자를 채색하고 아름답게 장식했다.

일을 마치자 미르킨의 아버지 묘비는 이름도 읽을 수 없을 정도로 반쯤 부서진 비석 옆에 우뚝 서 있었다. 아버지는 드디어 자신이 가진 재능 중 하나를 표현할 기회를 찾아냈다. 미르킨은 결과물에 무척 기뻐하며 아버지가 한 모든 일에 감사했다.

17

당시에는 연줄이 좋은 게 최고였다. 아버지에겐 연줄이 전혀 없었으나 보리스 미르킨은 달랐다. 그가 힘깨나 쓰는 사람들에게 말을 넣어 준 덕분에 아버지는 신발 수선점을 운영할 기회를 얻었다. 그런 기회, 즉 자립해서 생계를 꾸릴 기회를 얻을 만큼 운 좋은 사람은 극히 드물었다.

아버지는 신발 공장에서 일하면서 신발 수선점 운영에 필요한 기술들은 모두 배워 놓았다. 물자가 부족했기 때문에 아버지는 기발한 대체 방법을 고안해 냈다. 예를 들면, 직접 만든 고정 침들과 토끼 가죽에서 추출한 아교로 구두의 윗부분을 바닥에 붙였다.

가게는 매우 소박했다. 나무 상자를 세워 놓은 게 고작이었다. 그러나 자리는 시내에 있는 시장의 목 좋은 곳이었다. 그곳에선 국영 라디오 방송의 뉴스를 들려주는 확성기 소리도 잘 들렸다. 일하는 동안 아버지는 온종일 뉴스를 들을 수 있었다.

하루가 저물 무렵, 동료 난민들이 가게로 모여들어 아버지에게 전

쟁 상황에 대해 듣곤 했다. 그러다 열띤 토론이 이어지기도 했다. 난

민 중 군 복무를 한 사람은 아무도 없었지만 마치 마법에 걸린 듯,

그들은 모두 장군이 된 것 같았다. 그들은 최상의 전략을 놓고 논쟁했다. 오직 그들만이 승리를 향한 지름길을 알았다. 쥐뿔도 모르는 사람들이 말은 제일 많았다. 그들은 심지어 붉은 군대의 뛰어난 총사령관인 주코프 참모총장을 위한 상세한 조언을 내놓았다. 물론 수천 킬로미터 떨어진 곳에 있는 주코프 참모총장은 독일군을 괴롭히느라 바빠서 자칭 장군들에게 아무 관심도 없었다.

한바탕 입씨름을 하고 나면 난민들은 기운이 빠졌다. 이들은 마치 자기들이 큰 승리를 거둔 것처럼 뿌듯해 했다.

18

아버지가 가게를 얻은 뒤, 살림살이는 눈이 번쩍 뜨일 만큼 나아졌다. 부자가 된 건 아니지만 우리는 더 이상 배를 곯지 않았고 빈속으로 자는 일이 없었다.

나는 학교를 마치고 아버지를 자주 찾아갔다. 주로 손님들이 앉게끔 가게 옆에 놓아둔 의자에 앉아 있곤 했다. 시장에서 시간을 보내다 보니 투르키스탄 사람들의 일상을 많이 보게 되었다. 이런 저런 때, 이런 저런 이유로 누군가는 그곳에 오게끔 되어 있기 때문이다. 물론 어머니도 그랬다. 가끔 들러서 아버지와 이야기도 하고 일하는 것도 구경했다.

아버지는 주머니 사정이 괜찮을 때 내게 1루블을 주곤 했다. '내

돈'을 가질 수 있다는 행운에, 부자가 된 느낌이 들었고 연필 두어 자루쯤 살 수도 있었다. 아니면 보물 같은 중고 나무 필통을 사는 데 돈을 다 쓸 수도 있었다. 또는 사탕처럼 달콤한 말린 멜론 한 조각을 우물거릴 수도 있었다.

19

투르키스탄에 있는 체첸 난민들은 망명 생활에 적응하지 못하거나 적응하려 들지 않았다. 그들이 질병과 굶주림으로 차례차례 죽어 가는 것을 우리는 왜 그저 보기만 하는 건지 나는 전혀 이해할 수 없었다.

결국 체첸 난민 중 한 명만 남았다. 그는 매우 아팠고 쇠약했다. 이질에 걸렸는데 마치 시체가 돌아다니는 것 같았다.

젖 먹던 힘을 짜내 그는 카자흐 여자 장사꾼에게서 피타를 낚아채 달아났다. 뛰어가면서 그는 입안에 피타를 우겨 넣고 되도록 많이 삼켜 보려고 했다. 왜냐하면 늘 그랬듯이 그를 쫓아온 카자흐인들에게 잡힌다 해도, 이미 삼켜 버린 것을 토하게 할 수는 없기 때문이었다. 그러나 그는 잡혀서 무자비하게 얻어맞았다. 끔찍해서 볼 수 없을 정도였다.

날마다 같은 장면이 되풀이 되었다. 그러다 그는 죽고 말았다.

20

아버지의 가게 옆에 앉아서, 나는 그 외로운 체첸인보다 요령있게 시장에서 먹을 것을 훔칠 줄 아는 젊은 러시아인 불량배들을 보았다. 그들은 사과 장수 옆을 떼 지어 지나가곤 했는데 일행 중 몇 명이 사과 장수의 주의를 분산시키는 동안 한 명은 사과 장수가 눈치 채지 못하게 멀리서 끝이 날카롭고 뾰족하게 구부러진 길고 뻣뻣한 철사로 사과를 콕 찍어갔다.

21

신발 수선 말고도 아버지는 미르킨의 추천을 받아 다른 상점 관리자들에게서 현수막을 제작하는 일거리를 받았다.

어느 날, 기차역장이 아버지에게 붉은 군대의 승리를 찬양하는 현수막과 스탈린 장군을 추앙하는 현수막을 만들어 달라고 부탁했다.

아버지는 현수막을 배달한 후, 돈을 받으러 기차역에 갔다. 그런데 기차역장이 수갑을 차고 고개를 푹 숙인채 소비에트 비밀 경찰두 명에게 끌려가고 있었다. 그가 반 소비에트 범죄를 저지른 것일까? 억울한 누명을 쓴 걸까? 누가 알겠는가? 우리가 아는 거라곤 아버지가 일을 하고 돈을 못 받았다는 것뿐이었다. 어쨌든 아버지는그런 일거리들로 가끔 부수입을 챙겼다.

22

시간이 지나면서 나는 친구들을 많이 사귀었다. 우리 아이들은 우리만의 세계에서 살았다. 우리 무리는 열 명 정도로 모두 난민이었다. 대부분 여덟 살과 아홉 살 남자아이들이었고 조금 어린 여자아이도 두 명 있었다. 우리의 생활 중심은 서로의 집 마당 부근이었다.

마당에 있으면 우리는 마당을 둘러싼 높고 우둘투둘한 점토 벽의 보호를 받았다. 그러나 길거리나 좁은 골목길로 나가면 그곳은 그야말로 전쟁터였다. 어린 러시아인 불량배들이 어슬렁거리고 있었던 것이다. 그들과 마주친다는 것은 우리가 가진 건 뭐든 빼앗긴다는 뜻이었다. 게다가 추가 선물로 두들겨 맞기까지 했다.

불량배들 중에는 우리보다 나이가 많은 아이들도 있었다. 그들은 우리 난민들을 괴롭히는 것을 삶의 목표로 여기는 아이들이었다. 그들도 우리를 쫓고, 우리를 때리고, 우리가 가진 물건에서 우리를 '해방'시켰다.

사정이 이러니 우리는 그들과 마주치지 않으려고 먼 길을 빙 돌아서 갔다. 그렇게 꾀를 내어 불친절한 만남을 줄이긴 했어도 그들은 바보가 아니었다.

친구들을 만나기 위해 쓴 또 다른 방법은 아예 길거리로 나가지 않고, 벽을 타고 이 마당에서 저 마당으로 넘어가는 것이었다. 그러나 치러야 할 대가가 있었다. 긁힌 무릎, 찢어진 바지, 바지를 제대로 입기 위해 반드시 필요한 단추를 분실하는 것 등 뜻밖의 자질구레한 일들이 생겼다.

어느 날, 친구들을 만나기 위해 벽을 오르다 내게 뜻밖의 작은 일이 닥쳤다. 반대편으로 뛰어내려 새로운 이웃들의 안마당으로 들어갔더니, 마치 내가 오기를 바랐다는 듯이 크고 사나운 개가 기다리고 있었다. 그 개는 못마땅하게 으르렁거렸는데 마치 "꼬마야, 조심해. 넌 이제 죽었어."라고 말하는 것 같았다.

누워 있으면 개가 공격하지 않는다는 말을 들은 적이 있었다. 그래서 나는 곧장 땅바닥으로 몸을 던져 꼼짝도 하지 않았다. 나의 갑작스러운 행동에 그 개는 놀란 것 같았다. 개가 다가오더니 내 얼굴에 대고 킁킁거렸다. 그러고 나서 내 옆에 바짝 다가와 앉아 역겨운 입 냄새를 확 풍겼다. 개는 앉아서 나를 지켜보다가 내가 살짝 움직이자 경고하듯이 으르렁거렸다.

　나는 꼼짝 않고 누워 있었는데, 아주 긴 시간 같이 느껴졌다. 마침내 내 얼굴에 앉은 파리를 쫓아 버릴 수도 없었을 때쯤, 개는 내게 싫증이 났는지 다른 재미난 일을 찾아갔다.

　같은 일이 몇 번 더 일어났고 결국 그 개와 나는 친구가 되었다. 개는 나를 보면 으르렁거리며 이빨을 드러내는 대신 반갑게 꼬리를 흔들었다.

23

그 무렵, 친구들과 나는 한 친구 집의 안마당에 지하 은신처를 만들고 있었다. 우리는 먼저 땅 깊숙이 구멍을 판 뒤, 거기서 수평으로 이어지는 터널을 팔 계획이었다.

땅 파는 일은 쉽지 않았다. 한여름 더위와 굳어 있는 땅이 우리의 계획을 방해했다. 땅을 파다가도 우리는 틈틈이 쉬어야 했다. 그럴 때면 아버지가 빵집에서 일하는 친구가 밀알을 나눠 주곤 했다. 즉석 껌을 만들 기회였다.

우리는 저마다 밀알을 두 알쯤 입에 넣고 이빨로 갈아 가며 삼키지 않게 조심해서 씹었다. 참을성 있게 씹다 보면 고무 비슷한, 질겅거리는 물질이 나왔다. 그때부터는 힘차게 씹어 댄다.

결국 아래턱이 저릿저릿해지면 다시 땅 파는 일을 시작했다.

어느 날, 우리가 구멍 안에 들어가 수평으로 땅을 파 들어가고 있는데, 친구 하나가 공포에 질려 뛰어왔다. 그는 구멍 안으로 뛰어들어가 구석에 움츠렸다.

겁에 잔뜩 질린 그 친구는 우리에게 무슨 일이 있었는지 말해 주었다. 그는 우리가 있는 이곳으로 오고 있었는데, 길에서 만난 카자흐 아이가 못 가게 막았다고 했다. 친구는 싸움을 피해 보려 애썼지만 결국 짜증이 폭발했고 화가 나서 옥신각신하다가 상대방의 사타구니를 걷어차 버렸다.

싸움을 건 아이는 미친듯이 비명을 질러댔다고 한다. 그 아이도, 내 친구도 기겁할 만큼 발로 차인 아이의 사타구니에서 피가 철철 흘렀던 것이다.

그 아이는 열세 살이고 그곳 관습에 따라 최근 할례를 받았는데 상처가 완전히 낫지 않은 상태인 것 같았다.

친구는 자기가 한 짓을 보고

걸음아 날 살려라 도망쳤다고 했다. 우리는 친구가 잡히지 않도록 구멍을 가릴 만한 것은 뭐든 급히 모아들였다. 만약 그 애가 잡혔더라면 카자흐 사람들에게 살아남지 못했을 것이다.

24

양의 관절뼈 던지기는 아이들이 어디 출신이든 간에 매우 인기 있는 놀이였다. 이 놀이는 고대 그리스와 로마 때부터 이어졌다고 한다. 우리는 차례로 진짜 양의 관절뼈들을 바닥에 던졌는데, 대부분은 가로로 떨어졌다. 뼈를 던져 똑바로 서 있으면 그걸 던진 아이가 승자가 되어 가로로 떨어진 뼈들을 쓸어 가곤 했다.

우리는 가끔 어린 러시아 아이들과 함께 놀 때도 있었다. 카자흐 공화국에서 나고 자라지 않은 우리는 그 놀이에 풋내기였지만 러시아 아이들은 전문가였다. 그러니 이기는 쪽은 거의 그 아이들이었다. 게다가 그 아이들은 '특별한 관절뼈'를 가지고 있었다.

관절뼈를 넘어지지 않게 던지려면 굉장한 기술이 필요했다. 그러나 안에 납 조각이 박힌 특별한 관절뼈를 가지고 있다면 이길 확률이 높았다. 특별한 관절뼈를 던지면 거의 늘 똑바로 섰기 때문이다.

특별한 관절뼈를 가진 행운아는 놀이에서 진 사람의 뼈들을 쓸어 모아 집으로 돌아가지 않았다. 긴장한 상대방이 참을성 있게 기다리는 동안 그 아이는 의식을 치렀다. 특별한 관절뼈를 사랑스럽다는 듯 손에 폭 쥔 채, 부드럽게 흔들고, 입을 맞추고, 눈을 감은 뒤, 행운의 신들에게 기도를 중얼중얼 올리고, 다시 한 번 뼈에 입을 맞추었다. 그리고 마침내 화려한 동작으로 뼈를 던진 다음에 바닥에 있는 뼈들을 쓸어 모았다.

이 '특별한 관절뼈'들은 빨간색, 파란색 또는 노란색으로 밝게 칠해져 있었다. 지금도 나는 특정한 빨간색을 볼 때마다 특별한 관절뼈가 떠오른다.

25

지글거리는 투르키스탄의 뜨거운 여름이면 나무 벽으로 두른 야외 극장에서는 영화가 상영되었다. 커다란 흰색 스크린에 영상을 쏘는 극장에 들어가려면 표를 사야 했고 안에 들어가서는 등받이 없는 나무 의자에 앉아 영화를 봤다. 아이들은 표를 살 돈이 없었는데 극장 벽에 개구멍이 있는 것을 발견해서 몰래 기어들어가 공짜 영화를 즐겼다.

극장에서는 대부분 러시아의 애국 영화를 상영했다. 세월이 흘렀지만 나는 지금도 〈라두가(무지개)〉라는 영화가 생각난다. 작은 마을을 점령한 잔인한 독일인들을 상대로 소련이 승리한 후, 하늘에 무지개가 뜨는 것으로 끝나는 영화로, 한 독일 남자의 정부가 되었다가, 결국 비참한 죽음을 맞는 한 러시아 여성에 대한 이야기였다.

당시에 나는 그 영화가 실제 관련자들과 사건들을 보여 주는 거라고 믿어 의심치 않았다. 다큐멘터리를 보고 있다고 생각한 것이다. 나중에 나이 많은 소년이 나에게 이렇게 말했다.

"티 두라초크(이 바보 꼬맹아)! 쟤네는 진짜 사람이 아니야. 배우들이 진짜 사람들처럼 연기하는 거야!"

뭐? 그동안 내가 속았던 거야? 내가 소중히 여기던 환상은 갈가리 찢겨 나갔다. 내 세계가 무너지고 만 것이다! 이는 어린 시절에 내가 가장 실망했던 일 중 하나였다.

26

어느 날 나와 친구들은 어느 집 안마당 뒤쪽에 난 골목길에서 작은 필름 한 장을 발견했다. 정지 화면이 두 개뿐인 필름이었다. 다른 안마당에는 빈 창고가 있었다. 창고 문 가운데에 작은 구멍이 나 있었는데 우리는 이 구멍을 이용해 우리끼리 영화를 상영해 보기로 했다.

햇빛 좋은 날에 한 명이 거울을 들고 밖에 섰다. 그 아이는 햇빛을 구멍 안으로 통과하게 했다. 다른 아이는 필름이 빛을 받게 높이 들고, 그 앞에 확대경까지 들고 있었다. 어두컴컴한 창고에서 우리는 필름의 이미지를 벽에 확대하여 비추고 이리저리 움직여 보았다.

이미지가 매우 흐려 내용을 알아내기 힘들었지만 그것으로 충분했다. 우리는 신이 나서 어쩔 줄 몰랐다! 진짜 영화관에서 진짜 영화를 볼 때도 그 정도로 신나지 않았다. 우리는 마치 영화를 발명한 듯 으쓱거렸다.

27

영화를 상영하는 날은 드물어서 우리는 대부분의 시간을 우리끼리 즐겁게 놀았다. 특히 이야기하는 것을 좋아했는데, 머리카락이 쭈뼛거리는 으스스한 이야기들이 가장 재미있었다.

달빛 한 점 없는 어느 여름날 저녁, 우리는 안마당의 가장 어두운 구석에 동그랗게 앉아 있었다. 우리는 으스스한 이야기라면 최고로 잘하는, 우리보다 나이가 조금 많은 여자아이를 알고 있었다.

그 애는 보통 목소리로 이야기를 시작했다.

"컴컴하고 컴컴한 숲속에(그 애는 '컴컴하고'라는 말을 유난히 길고 느릿느릿하게 말했다.) 컴컴하고 컴컴한 언덕이 있었어."

목소리는 점점 낮아졌다.

"컴컴하고 컴컴한 언덕에, 컴컴하고 컴컴한 묘비가 있었어."

여기서 그 애가 잠시 말을 멈추자 머리끝이 쭈뼛했다.

"컴컴하고 컴컴한 비석 아래에 컴컴하고 컴컴한 관이 있었어."

이제 목소리는 더더욱 낮아졌다. 우리는 숨소리도 못 낼만큼 무서웠다. "컴컴하고 컴컴한 관 속에……." 이 부분에서 그 애는 다시 말을 멈췄고, 우리는 숨을 죽였다. "컴컴하고 컴컴한 관 속에……." 소곤소곤 말을 되풀이하자, 우리는 기대감에 몸을 점점 더 앞으로 숙였다. 그 순간 그 애는 꺄아악 비명을 질렀다.

"악마가 있었어!"

우리는 소름이 쫙 끼치면서도 너무나 재미있어서 펄쩍 뛰었다!

이런 긴장감 넘치는 이야기를 들으면서도 마음을 가라앉히려고 운율을 넣은 터무니없는 노래를 합창하기도 했다. 시작할 때는 보통 크기의 목소리였다.

엔 덴 데노 사칼라 카미노

사칼라카 타칼라카 타다레사…….

그러다 마지막은 크게 소리를 질렀다.

"쾅!"

그러면 이 요란한 소리에 불안해진 이웃들이 무슨 일인가 싶어 집 밖으로 나왔다. 그들은 아이들이 재미나게 놀고 있는 소리라는 걸 깨닫고는 안심하며 도로 집으로 들어갔다.

28

3학년으로 올라가는 해에 부모님은 나를 새로 생긴 폴란드 학교
에 입학시켰다. 그때부터 내 성적은 곤두박질치기 시작
했다.

학교에서 나는 형뻘 되는 아이와 친구가 되었는데, 그
애는 운 좋게도 러시아어로 된 《오즈의 마법사》를 가지고
있었다. 나는 그 애의 집에 자주 갔고, 그 애가 책을 소리
내어 읽으면 나도 꼼짝 않고 앉아서 모든 단어 하나하나
를 열심히 집어삼켰다.

다만 그 집에 가려면 덩치 크고 사나운 개를 견뎌야만
했다. 개는 담으로 둘러싸인 안마당 한가운데에 사슬로
묶여 있었는데, 친구 집에 들어서면 나는 등을 벽에 딱 붙
이고 문까지 게걸음으로 조심스레 갔다.

1945년, 투르키스탄의 폴란드 학교.
몇 달 뒤 전쟁이 끝나 우리는 그곳을 떠났다.

개는 나를 보자마자 전속력으로 달려와서 공격했다. 다행히 쇠사슬은 나에게 닿을 만큼 길지 않았지만 허연 이빨은 늘 무시무시하고 날카로워 보였다.

놀란 마음이 가라앉는 데 시간이 좀 걸렸다. 이웃집 개와는 달리 이 개는 내가 그렇게 자주 갔는데도 절대 사근사근해지지 않았다.

그러나 《오즈의 마법사》는 너무도 흥미진진했다. 나는 도로시와 그 친구들의 상황을 듣고 싶어 견딜 수 없었다. 제아무리 무시무시하고 사나운 개라도 나를 막을 수는 없었다.

29

어느 날 오후, 아버지는 신발 수리점을 일찍 닫고 급히 나와 어머니가 있는 집으로 왔다.

"전쟁이 끝났어! 히틀러가 죽었고 나치는 패배했어."

아버지가 집에 들어서며 외쳤다. 우리 모두 확성기로 나오는 라디오 방송을 듣기 위해 시장으로 달려갔다.

그날 저녁, 부모님은 폴란드로 돌아가는 문제로 대화를 나누었다. 우리는 전쟁 이전부터 줄곧 소련에서 살면서 떠날 사정이 못 되는 난민들에게서 들은 이야기가 많았다. 부모님은 투르키스탄이나 러시아에서 계속 살 생각이 없었다. 그래서 얼른 떠나자며 곧바로 계획을 세우기 시작했다.

나는 떠나고 싶지 않았다. 내 러시아 친구가 《오즈의 마법사》의 결말을 알려 주려면 아직도 뒷장이 많이 남아 있는데 어떻게 떠날 수 있겠는가? 나는 부모님이 서두르지 말고 내가 결말을 다 들을 수 있을 때까지 기다려 주기를 바랐다. 그러나 어머니와 아버지는 단

호했고 마음을 바꾸려 하지 않았다.

　나는 이곳에 혼자 남을 자신은 없었다. 선택의 여지가 없었다. 그래서 실망스럽게도 책의 결말을 모른 채, 투르키스탄을 떠날 예정이었다.

30

투르키스탄에서 지낸 3년 동안 우리는 거의 매일 굶주렸다. 배고픔은 언제나 우리에게 붙어 있었다. 한 입도 못 먹은 날이 이어졌다. 혹독하게 추운 겨울과 숨 막히게 더운 여름을 몇 차례 보내는 동안, 단 하룻밤만이라도 빈속이 아닌 채로 잠들어 본 적이 있는지 기억나지 않는다.

투르키스탄에서의 마지막 1년 반 동안은 보리스 미르킨과 아버지의 예술적 재능 덕분에 상황이 조금씩 나아졌다. 우리는 더 이상 굶주리지 않았고 나는 더 이상 빈속으로 잠들지 않아도 되었다. 하지만 사는 건 여전히 쉽지 않았다.

돌이켜 보면, 왜 《오즈의 마법사》가 나를 그토록 깊이 감동시켰는지 알 것 같다. 도로시의 모험과 그 당시 나의 삶이 상당히 비슷했던 것이다.

도로시를 캔자스의 집에서 억지로 떼어 낯선 곳으로 데려간 회오리바람은 나치 공습과 그 이후에 이어진 바르샤바 침공이었고, 그것들은 우리를 다른 가족들로부터 떼어, 낯선 곳(벨라루스, 유라 정착촌, 투르키스탄)으로 데려갔다. 나에게 사악한 마녀들은 나치, 러시아인 불량배들, 우리 난민들에게 적대적인 카자흐인들, 그리고 굶주림이 었다.

당시 나는 도로시가 캔자스로 돌아오는 것만큼 서쪽으로 돌아가는 우리의 여정도 험난한 일로 가득할 줄은 꿈에도 몰랐다.

31

소련에서는 여행을 하려면 허가증이 필요했다. 부모님은 허가증을 발급받을 때까지 기다리지 않고 온전히 운에 맡긴 채 되도록 빨리 떠나기로 결정했다.

우리는 작은 방을 떠나 기차역으로 가서 열차를 기다렸다. 그 당시는 열차를 타려면 몇 시간 기다리는 정도가 아니라 운이 좋으면 며칠, 때로는 몇 주나 기다려야 했다. 목적지로 가기 위해 열차를 한 달이나 기다렸다는 이야기도 들렸다.

기차역에서 열차를 기다리는 동안 우리는 차갑고 딱딱한 바닥에서 잤다. 기차역이 사람들로 꽉 차서 바닥에 몸을 뻗을 공간조차 없으면 바깥에 자리를 만들고 비가 오지 않기를 바라야 했다. 우리는 밖에서 잘 때 신경을 바짝 곤두세웠다. 주위를 서성거리는 수상한 자들이 혹시라도 우리 물건을 훔치거나 더 나쁜 짓을 할 기회를 노리고 있을까 봐 두려웠기 때문이다.

투르키스탄 기차역에서 며칠을 지낸 뒤, 적십자 열차가 왔다. 그 열차는 부상병들과 일반 승객들을 태우고 있었다. 아버지는 열차에 오르기 위해 차장과 협상을 했고 돈을 얼마 건넸다. 그리고 우리는 또다시 불법 승객이 되어 통로에 선 채로 여행할 수 있었다. 그렇게 우리는 투르키스탄을 영원히 떠났다.

제6장
돌아가는 길

우리는 사람들이 꽉 들어찬 열차를 타고 밤낮으로 느릿느릿 이동했다. 아버지, 어머니, 나는 표가 없는 다른 승객들과 함께 좁은 통로에 빼곡히 끼어 있었다. 번갈아 가며 작은 트렁크에 앉아 다리를 쉬었지만 대부분은 서 있었고, 누가 지나가려 하면 이쪽저쪽으로 몸을 붙여야 했다. 잠자는 것은 불가능했다. 제대로 된 좌석에 앉지 못하고 그토록 오래 서 있어야 하는 게 얼마나 괴로운지 상상도 못할 것이다.

우리는 마침내 러시아 공화국 어딘가의 큰 기차역에 멈췄다. 그역에 있는 많은 선로에 화물 열차가 끊임없이 지나갔다. 대부분의

경우, 화물 열차는 멈추지 않았다. 어쩌다 한 번쯤 화물 열차와 객차들이 달린 기차가 정차하기도 하지만 대부분은 철커덕거리며 역을 지나쳐 사라져 버렸다.

어머니와 내가 역 한구석에서 기다리는 동안 아버지는 열차가 정차할 때마다 어디로 가는 열차인지 알아보러 갔다. 그러고는 돌아와서 우리가 가는 방향과 다르다고 말했다.

기차역 가장자리에는 지친 표정의 여행객들이 우리처럼 무리를 지어 기다리고 있었다. 힘들어 보이긴 우리도 마찬가지였고, 기다리는 시간이 길어질수록 더 지쳐 갔다. 아버지는 역에 새로운 열차가 들어오면 급히 그쪽으로 뛰어갔다.

어느 날 아침, 아버지는 '고멜'이라고 표시된 화물 열차를 보았다.

고멜은 아버지가 전에 일했던 극장이 있는 벨라루스의 마을 이름이었다. 우리가 가고자 하는 방향과 얼추 같은 방향이라서 아버지는 급히 어머니와 내게 돌아왔다. 우리는 서둘러 소지품을 챙겼다.

열차에 다다른 우리는 문 하나가 열려 있는 빈 화물칸을 발견했다. 안으로 기어올라가 더러운 바닥에 누워(아니, 무너져서) 몸을 쭉 뻗고, 녹초가 되어 깊이 잠들었다.

자정 무렵, 열차는 역을 떠났다. 오랫동안 달린 끝에 열차는 또 다른 기차역에 도착했고 더 이상 달리지 않았다. 그곳은 벨라루스의 고멜이 아니었다. 우리가 닿은 곳이 어디인지 누가 알겠는가?

우리의 기차 여행은 계속되었다. 끝없는, 끝을 알 수 없는 복잡한 기차 여행이었다. 기나긴 여행 끝에 우리는 마침내 모스크바의 주요 기차역 중 한 곳에 도착했다.

모스크바가 우리가 원하는 곳일 리 없었다. 그러나 기차표가 없는 여행자였기에 목적지를 마음대로 정할 수 없었다. 열차가 어디로 데려다주든 그대로 따라야 했고, 결국 소련의 수도인 모스크바까지 오게 된 것이다.

소련에서는 여행하거나 도시에 살려면 허가증이 필요한데, 우린 그게 없었다. 법을 어기고 있었으니 모스크바에 있는 것만으로도

우리는 범죄자였다. 또한 어떻게 해야 시내를 통과해서 모스크바의 키이우 역(그곳에 가야 서쪽으로 가는 열차를 찾을 수 있을 것이다.)까지 갈 수 있을지도 고민스러웠다. 경찰의 검문에 걸릴 수도 있으니 지하철로 이동하는 것은 불가능했다.

한동안 어머니와 나는 아름다운 모스크바 중앙역의 차디찬 타일 바닥에 담요를 깔고 몸을 뻗었다. 주위에는 북적거리며 오가는 여행자들의 시끄러운 소리가 윙윙거렸다.

나는 이 모든 소란의 한가운데서 몹시 불안했다. 누군가가 급히 열차를 타려고 뛰어가다가 자고 있는 우리를 밟을까 봐 두려웠다.

이제 어떻게 해야 할지 아버지가 알아보러 간 동안, 어머니는 나에게 별것 아닌 짐이나마 잘 지키라고 당부하고 먹을 것을 사러 갔다. 어머니는 돌아와서 내게 시들시들한 사과 한 개와 삽화가 몇 점 들어 있는 얇은 책을 주었다. 열차에 급히 올라타서 잠이 들어 버린 어느 얼빠진 교수에 대한 이야기였다. 주인공이 일어났을 때 열차는 출발도 하지 않았다. 기관차가 연결되어 있지 않았던 것이다. 그 싱거운 이야기는 우리가 처한 상황과 크게 다르지 않았다. 우리 또한 그 어디에도 이르지 못하고 있는 기분이었기 때문이다.

이 작은 책에 들어 있는 모든 그림들을 꼼꼼히 들여다보느라, 나는 잠시 우리의 고달픈 처지에서 벗어날 수 있었다. 이렇게 우리가 바닥에서 '쉬고' 있는 동안, 아버지는 역 밖으로 나가 앞으로 어떻게 할지 고민하며 길거리에 서 있었다. 도시의 쓰레기차가 아버지 앞에 멈춰 섰다. 운전사가 운전석에서 뛰어내리더니 아버지에게 다가와 말했다.

"동지, 목적지는?"

아버지는 그가 불법 여행자들을 확인하나 싶었다. 아버지의 걱정스러운 표정을 본 운전사는 서둘러 아버지를 안심시켰다. 그제야 아버지는 말했다.

"우리는 그냥 지나가는 중이고, 목적지는 리비우입니다."

운전사는 말했다.

"그러면 키이우 역으로 가야겠군. 10루블 내면 데려다 드리지."

보아하니 그는 불법 영업으로 부수입을 조금 챙겨 빈약한 월급을 충당하는 것 같았다.

아버지는 운전사와 함께 운전석에 탔고, 어머니와 나는 트럭 뒤에 쓰레기와 함께 탔다. 모스크바를 통과하는 향기로운 여정이었다. 우리 주위에 쓰레기가 높이 쌓여 있었다. 나는 성 바실리 대성당의 장엄한 테크니컬러(컬러 영화 제작 기법의 하나. 화려한 색감을 보임

−옮긴이) 양파 돔들이 얼핏 스치는 것을 쓰레기 더미 위에서 흘깃 보았다.

모스크바의 키이우 역에 도착했을 때, 우리한테서 갓 꺾은 꽃향기가 날리 없었다. 하지만 이게 끝이 아니었다. 우리의 여정이 계속될수록 더 더러워질 운명이었다.

우리는 모스크바의 키이우 역에 와 있었다. 하지만 표를 사기 위해서는 특별한 서류가 있어야 하는데, 이번에도 없는 건 마찬가지였다. 그리고 이 역에는 우리와 같은 문제에 시달리는 여행자들이 바글바글했다. 누구나 평등하게 모두가 똑같은 바닥에서 잤다.

우리의 삶에 활기를 불어넣어 주려는 건지, 역의 순찰관들이 주기적으로 와서 우리에게 바닥에서 일어나 다른 데로 가라고 말했다. 하루에 몇 번씩, 그 운동을 했다. 그러나 순찰관들이 사라지면 모두 원래 자리로 돌아갔다. 그 일은 우리에게 매일 하는 운동일 뿐 아니라 주요 오락거리이기도 했다.

아버지는 며칠 동안 역을 돌아다니며 도착하는 열차들을 살펴보고 우리와 같은 방향으로 가는 열차가 있나 찾아보았다. 마침내 아버지는 폴란드의 국가 상징인 독수리 표시가 있는 화차를 발견했다. 폴란드에서 러시아로 석탄을 들여왔고 이제 다시 폴란드 남부의 광산으로 돌아갈 화차였다. 그 열차는 분명히 '리비우'를 지날 것 같았다. 밤이 되자, 우리는 화차 맨 끝에 있는 빈칸으로 스며들었다.

우리는 석탄 가루가 수북한 바닥에 앉아 꽤 오랫동안 그 화차를 타고 이동했다. 마침내 화차는 선로가 여러 개 있는 '즈메린카'라는 역에 섰다. 역의 창문에 비친 내 모습을 얼핏 보았는데, 나인지 알아볼 수 없을 정도였다. 검은 석탄 가루가 만든 가면 뒤에서 내 눈이 밖을 엿보고 있었다.

제대로 된 화장실이나 수돗물이 없었지만 우리는 최선을 다해 몸을 닦았다.

3

전쟁 이후 첫 '욤 키푸르' 전야를 맞았다. 유대인에게 한 해의 가장 성스러운 날이자 속죄의 날이기도 한 오늘 하루 동안, 부모님은 열차에서 내려 쉬기로 했다.

우리는 신선한 음식이 간절했다. 어머니와 나는 기차역에서 기다리고, 아버지는 우리를 위해 몇 킬로미터 떨어진 작은 마을에 음식을 구하러 갔다.

몇 시간 뒤에 아버지는 빵과 세상에! 과일을 가지고 돌아왔고, 이런 이야기를 들려주었다.

"마을의 시장에 갔더니, 투르키스탄을 떠난 뒤 처음 보는 광경이 펼쳐져 있었어. 과일과 채소가 넘쳐나는 거야. 그런데 더 놀라운 일이 나를 기다리고 있었어. 시장은 나무로 지은 작은 집들로 둘러싸여 있었는데 가까이 가 보니, 그 집들은 전쟁 전에 폴란드에서 보았던 것 같은 재봉사, 제화공, 가죽 세공인들의 공방이었어.

그런데 진짜 놀라운 건 이디시어를 히브리어 문자로 쓴 작은 가게 간판을 발견한 거야. 슈나이더, 슈스터, 그리고 다른 유대인 이름들을 말이야. 나는 도저히 믿을 수가 없었어. 이게 꿈이 아니라는 것을 확인하려고 양복점으로 들어가 보았지. 나는 가게에 불쑥 들어온 것을 사과하고 내 소개를 했어. 바르샤바 출신의 난민이고 가족과 함께 폴란드로 돌아가는 중이라고 말이야.

유대인 재봉사와 그의 아내는 나를 반겨 주었어. 내게 차와 다과를 대접했어. 내가 차를 마시는 동안 재봉사는 자기들이 어떻게 전쟁에서 살아남았는지 이야기를 해 주었어.

'전쟁 초기에 즈메린카와 근처 마을 몇 군데가 루마니아의 영토가 되었어요. 독일군이 우크라이나를 점령하자마자 그렇게 된 건데, 그들은 곧 우크라이나에서 유대인들을 제거하기 시작했지요. 그런데 내가 도통 모르겠는 여러 가지 이유로 나치 인종법은 이곳에 적용되지 않았어요. 그래서 즈메린카의 유대인들은 집을 떠나지 않았지요. 즈메린카가 박해받지 않는다는 소문이 근처 도시의 유대인들에게 퍼지자, 우리 마을은 난민으로 넘쳐났어요. 독일군은 루마니아인들에게 새로 온 사람들을 모두 체포하라고 명령했어요. 원래 즈메린카 출신이 아닌 유대인들이 살해당하는 슬픈 일이 벌어졌죠. 그래서 즈메린카 출신 유대인만 살아남았답니다.'"

아버지는 이 놀라운 이야기를 듣고 시장에서 신선한 먹을거리를 사서 우리에게 돌아왔다.

4

즈메린카 기차역에 며칠 동안 머무르며 새로운 열차를 기다리던 어느 날 밤, 우리는 광석을 싣고 온 뒤, 서쪽으로 되돌아갈 또 다른 폴란드 석탄 화차에 몰래 탔다. 우리의 교통수단은 지저분할 뿐만 아니라 매우 위험했다. 소련 정부는 화물 열차에 탑승하는 것은 불법이며 엄격한 처벌 대상이라는 법령을 발표했었다.

열차가 다음 역에 정차했을 때, 우리는 차 한구석에 숨어서 열차를 점검하는 경찰관들의 발소리를 들었다. 열차가 스타니슬라보프에 도착하자, 숨어 있던 우리는 발각되고 말았다. 우리는 경비원들에게 끌려가 경찰서에서 조사를 받았다.

보안 책임자가 명령했다.

"신분증 내 놔! 어디 출신이고 어디로 가는 길인가?"

"투르키스탄에서 왔고 리비우로 가는 중입니다. 신분증과 돈은 도둑맞았습니다."

보안 책임자가 투르키스탄에 전화를 걸어 아버지의 말이 사실인지 알아보고 우리의 신분을 확인하는 동안, 우리는 복도에서 기다렸다.

얼마 후, 민간인 옷차림을 한 남자가 나타났다. 경찰들의 공손한 태도로 보아 분명 고위 관리인 것 같았다. 책임자의 보고를 들은 후, 그는 아버지를 조사했다. 아버지는 이야기를 되풀이했고 이렇게 덧붙였다.

"어느 아버지가 신분증과 허가증, 그리고 표도 없이 수천 킬로미터를 여행해서 가족을 위험에 빠뜨리겠습니까?"

고위 관리는 아버지를 세심히 살피고는 말했다.

"가서 리비우행 표를 사고, 다시는 내 앞에 나타나지 마시오."

스타니슬라보프에 와서야 아버지는 별 어려움 없이 정당하게 표를 구할 수 있었다.

이제 우리는 화물 열차나 석탄 화차의 더러운 바닥에 누워 가는 일 없이 보통 승객들처럼 여행할 수 있었다. 그리고 마침내 소련을 뒤로 하고 폴란드의 리비우에 도착했다.

5

바르샤바에서 우리가 살았던 아파트에는 꽃무늬 벽지가 있었다. 갓난아기였던 내가 그 꽃들을 열심히 바라보았기 때문에 아버지는 내 이름을 '유리'라고 지었다.

또 내 이름이 유리라서 우리는 소련 시민권을 발급받지 못했다. 우리는 소련 시민권이 없었기 때문에 소련 깊숙한 지역으로 보내졌다. 그리고 우리는 나치가 침공할 수 없었던 머나먼 곳에서 전쟁 시기를 보냈기 때문에 살아남았다.

만약 우리 아파트에 꽃무늬 벽지가 없었다면 나는 그 꽃들을 바라보지 않았을 테고, 내 이름은 유리가 되지 않았을 것이다.

내 이름이 유리가 아니었다면 우리는 소련 시민권을 발급받았을 것이다.

우리에게 소련 시민권이 있었다면 우리는 아버지의 직장과 아파트가 있는 벨라루스에 남아 있었을 것이다.

벨라루스에 남았다면 우리는 나치의 침공에 인종 청소를 당하고 폴란드로 보내져 친척들과 함께 죽었을 것이다.

이렇게 보면 위기의 순간마다 살아남을 수 있었던 건 우리가 내린 선택 때문이 아니었다. 우리의 운명을 결정한 것은 전적인 '우연'이었다.

제7장
폴란드와 독일

I

마침내 우리는 폴란드로 돌아왔다. 우리는 이제 여행이 끝났기를 바랐다. 그러나 전쟁에서 살아남은 우리와 폴란드계 유대인들이 알아차렸듯이, 많은 동포들은 그토록 많은 유대인들이 살아서 돌아오는 것을 보고 얼떨떨해 하면서 반가워하지 않았다. 그중에는 전쟁이 일어나기 전에 유대인들의 소유였던 집과 재산을 차지한 폴란드인들이 많았다. 이제 유대인들이 자기 재산을 돌려 달라고 요구할지도 모르니 불안했을 것이다. 개인적인 이유로 유대인을 좋아하지 않는 사람들도 많았다.

모든 폴란드인들이 그렇게 느꼈을까? 아니다. 유대인을 구하기 위해 목숨을 건 정의로운 폴란드인도 있었다.

2

리비우에서 우리는 유대인 위원회에 등록했다. 그들은 우리에게 음식과 잠잘 곳을 제공했다. 그다음에는 폴란드 당국에도 등록을 했고, 드디어 폴란드 시민권자임을 입증하는 신분증을 갖게 되었다.

리비우에서 며칠 동안 지낸 뒤, 크라쿠프행 열차를 탔다. 이번에는 허가증을 가지고 여행했다.

우리가 크라쿠프에 도착했을 때, 불안한 이야기가 우리를 맞이했다. 바로 며칠 전에 유대인들에게 일어난 사건을 동료 난민들이 들려준 것이다.

크라쿠프의 한 아파트에 유대인 부부 세 쌍이 살고 있었는데 모두 홀로코스트 생존자였다. 세 남자와 아내들이 탁자에 둘러앉아 몇 즐로티를 판돈으로 걸고 정답게 카드놀이를 하고 있었다.

그때 갑자기 문을 크게 두드리는 소리가 났고 누군가 싶어서 아내들 중 한 명이 문을 살짝 열었다. 무거워 보이는 부츠 하나가 열린 문틈으로 쑥 들어와 그녀가 문을 닫지 못하게 막았다. 우람한 폴란드인 세 명이 강제로 집 안으로 밀고 들어왔다.

그들은 여자들에게 방으로 가서 문을 닫으라고 명령했다. 그러고는 냉혹하게 남편들을 쏘아 죽였다. 그들은 탁자 위의 돈에는 손도 대지 않고, 이런 쪽지를 남긴 뒤 떠났다.

'폴란드에서 꺼져, 유대놈들아.'

메시지는 분명했다. 전쟁 후 폴란드에서는 유대인들의 목숨을 하찮게 여겼고 다시 폴란드로 돌아오는 생존자들을 달가워하지 않았다. 머지않아 우리 부모님 역시 이런 현실을 직접 경험하게 되었다.

크라쿠프 유대인 위원회는 돌아오는 난민들을 성심성의껏 도와주었다. 그곳 게시판에는 일가친척을 찾는 사람들의 이름이 빼곡히 올라와 있었다. 하지만 폴란드에서 우리를 찾는 사람은 없었다. 우리 일가친척 중에는 생존자가 한 명도 없었던 것이다. 우리 셋만 빼고 다 죽었다.

5

우리는 유대인에게 불친절한 폴란드에 남아 있을 생각이 없었다. 하지만 겨울이 다가오고 있었고 길고 힘든 여행에 지쳐 쉬고 싶은 마음뿐이었다.

우리는 방 두 개짜리 작은 아파트를 찾아냈다. 아파트에 자리를 잡은 후, 아버지는 어린 아들 둘이 있는 부부를 알게 되었다. 그들도 살 곳을 구하는 중이었다. 아버지는 그들에게 방 하나를 빌려주었다.

이때 나는 유대인 보육원에 맡겨져 있었다. 유대인 보육원에는 교실이 있었다. 나는 그곳에서 들은 수업 대신, 전쟁에서 어떻게 살아남았는지 다른 아이들이 들려준 이야기들만 기억난다.

그중에서도 유독 기억에 남는 아이가 있다. 나이는 기껏해야 아홉 살이나 열 살쯤이었을 것이다. 그 아이의 부모님은 죽었고, 홀로 도둑과 살인자 들도 함께 자리잡은 열차의 지붕 위에서 어떻게 살아남았는지, 그 애는 손에 땀을 쥐게 하는 이야기를 들려주었다.

그 애는 자기 자리를 빼앗기고 지붕에서 내던져져 죽을까 봐 늘 잔뜩 긴장해야 했다. 이 외에도 그 애는 살아남기 위해 견뎌야 했던 많은 일들을 우리에게 털어놓았다.

그 애가 말할 때 우리는 모두 조용히 꼼짝 않고 앉아 있었다. 선생님도 마찬가지였다. 그는 우리를 가르치는 것조차 잊고 있었다. 이 애의 이야기는 며칠 동안 이어졌다.

내가 겪었던 일들도 물론 고통스러웠지만 그런대로 나쁘진 않았다. 나는 부모님과 함께 있었기 때문이다.

그러던 어느 날, 갑자기 아버지가 보육원에 나타나서 말했다.

"유리야, 우리는 떠날 거야. 얼른 짐을 챙겨라."

갑작스러운 일에 어리둥절해서 내가 우두커니 서 있자, 아버지는 얼른 가자고 재촉했다.

"가자! 걸어가면서 이야기해 줄게."

아버지가 속상해 보여서 나는 한 마디도 묻지 않았다. 나는 짐을 쌌고 우리는 서둘러 보육원을 떠났다. 가는 길에 아버지는 그동안 무슨 일이 있었는지 말해 주었다.

부모님이 사는 건물의 배관은 전쟁 중에 파손되었지만 수리를 안 해서 아파트 욕실에 문제가 있었다. 변기 물이 제대로 안 내려갔던 것이다. 할 수 없이 부모님은 욕조에 물을 채우고 양동이로 물을 한두 번 부어서 배설물을 흘려보냈다.

부모님이 방을 빌려준 부부의 두 아들은 욕실에서 노는 것을 좋아해서 욕조에 종이배와 작은 나무 조각들을 띄웠다. 놀다가 보니 뭔가 잘못되었는지 욕조가 새면서 아래층에 물난리가 났다. 꼬마들은 자신들이 한 짓에 잔뜩 겁을 먹었다. 그래서 자초지종을 자기 부모님에게 말하는 대신, 방으로 가서 침대 밑에 숨어 버렸다. 내 부모님은 그 일을 전혀 몰랐다.

갑자기 문을 크게 두드리는 소리가 났다. 화가 머리끝까지 난 수위가 다짜고짜 소리쳤다.

"대체 어떻게 된 겁니까? 아래층이 물바다가 되었소!"

아버지는 말 한 마디 할 틈이 없었다. 수위가 급히 가 버렸기 때문이다.

얼마 후 또 누가 문을 쾅쾅 두드렸다. 아래층에 살고 있는 폴란드인 대령이 군복 차림에 권총을 들고 서 있었다. 그는 집 안으로 뛰어들어 아버지를 겨누었다.

아버지는 겁에 질려 그 자리에 붙박여 있었다. 대령이 소리쳤다.

"이 더러운 유대놈아! 미친 개를 쏘듯 네 놈을 쏴 죽일 테다! 다른 더러운 유대놈들이 이사오게 날 쫓아내려는 계획이지?"

　아버지는 얼어붙어 입을 열 수가 없었다. 전쟁에서 살아남으려고
온갖 고초를 겪었는데, 결국 이렇게 끝나는구나 싶었다.

　대령은 계속 소리쳤다. 마침내 아버지는 간신히 말을 꺼냈다.

"존경하는 대령님, 이 집에서 감히 누가 대령님 댁에 피해를 입히려 들겠습니까? 그저 사고였습니다. 꼬마들이 놀다가 그만 욕조를 깨뜨렸어요. 피해 보신 부분을 산정해서 말씀해 주시면 물어드리겠습니다."

대령은 천천히 총을 내렸다. 그는 피해액을 계산해 보려고 아래층으로 내려갔다가 다시 올라와 말했다.

"얼마 전에 우리 집은 보수 공사를 했소. 2,000즐로티를 내시오."

엄청난 금액이었다! 대령은 이 일을 단단히 한 몫 챙길 기회로 본 것이다.

이 모든 일이 벌어지는 동안 꼬마들의 부모는 자기네 방으로 들어가 문을 잠그고 있었다.

아버지가 주머니를 뒤지고 어머니가 지갑을 뒤져 나온 건 겨우 1,000즐로티였다. 아버지는 옆방 사람들의 문을 두드리면서 나머지 돈을 부탁했다. 방문 건너편 사람들은 침묵했다. 한 마디도 없었다. 아버지는 문틈으로 그들에게 계속 호소했다.

"빌려 달라는 겁니다. 갚아 드릴게요."

마침내 살짝 열린 방문에서 나온 손이 1,000즐로티를 내밀었다.

대령이 돈을 가지고 간 뒤, 부모님은 쓰라린 울음을 터뜨렸다. 원래 계획은 이곳에 봄까지 머무는 것이었으나 부모님은 하루빨리 폴란드를 떠나기로 결정했다.

약속대로 옆방에 돈을 갚기 위해 아버지는 그들에게 가죽 재봉틀과 구두 수선 용품들을 넘겼다. 폴란드에서 살면서 생계를 꾸리기 위해 샀던 것들이었다.

그러고 나서 아버지는 유대인 위원회에 갔다. 그간의 상황을 말한 뒤, 폴란드를 떠나는 다음 교통편에 이름을 올려 달라고 요청했다. 직원은 가지 말라고 설득했다.

"좀 기다렸다가 봄에 떠나시는 게 어떨까요? 곧 크리스마스니 열차가 만원일 거예요."

아버지는 뜻을 굽히지 않았다.

마침내 우리는 불법으로 체코슬로바키아로 떠나는 단체에 배정되었다. 직원의 말대로 열차는 만원이었다. 온갖 애를 쓴 끝에 우리는 가까스로 어느 차량에 몸을 욱여넣었다.

우리는 폴란드를 영원히 떠났다. 또다시 집도 없고 합법적인 서류도 없이 여행하는 신세가 되었다.

어느 순간 우리는 열차에서 내려 한참을 걸었다. 드디어 폴란드와 체코슬로바키아 사이에 있는 들판과 숲을 통과했다. 국경을 불법으로 넘은 것이다. 이 불법 여행자 무리는 유대계 팔레스타인 출신의 두 남자가 이끌었다.

우리는 브라티슬라바에 도착해서 소콜이라는 오래된 호텔에 묵었다. 왜 그런지 모르지만 호텔의 이름만 기억나고 그 여행에 대해 전혀 기억나지 않는다.

하지만 오스트리아 국경을 넘어 비엔나에 도착했을 때, 우리가 바로크풍의 궁전 같은 병원에 머물렀던 건 생각난다. 그곳에는 길고 화려한 복도들이 방치되어 있었다. 그중 한 곳에서 나는 프란츠 요제프 황제 시대 것일지도 모르는 오래된 녹슨 검을 발견했다. 그런 검을 갖는 행운을 누리며 나는 정복자, 즉 텅 빈 복도들의 정복자처럼 복도들을 앞뒤나 위아래로 의기양양하게 행진했다.

병원은 마치 궁전 같았지만 침대도 매트리스도 없었다. 잘 시간이 되자, 우리는 차가운 맨바닥에서 잤다.

비엔나를 떠날 때, 나는 칼을 그곳에 두고 왔다. 다른 운 좋은 아이가 그것을 발견하고 내가 미처 못 가 본 텅 빈 복도들을 정복할 수도 있을 것이다.

잠시 비엔나에 머문 뒤 가게 된 곳은 독일 남부였다. 우리는 바바리아 주의 작은 도시인 라이프하임의 난민 수용소(DP 캠프)에 들어갔다.

그곳은 아수라장이었다. 살던 곳에서 쫓겨난, 집 없는 힘겨운 난민들(죽음의 수용소 생존자들, 우리처럼 소련에서 살아남은 자들, 비유대인들이 숨겨 주었던 개개인들, 그리고 기타 많은 사람들) 수천 명이 좁은 공간에서 복닥거렸다. 그들 모두 누구도 원하거나 반갑게 맞이해 주지 않는 사람들, 그 어느 나라도 받아주려 하지 않는 이들이었다.

우리는 텅 빈 독일군 막사에 머물렀다. 내부는 군 거주시설답게 스파르타식이었다. 양쪽으로 이층 침대가 착착 도열해 있었다. 당시의 나는 스스로를 위대한 모험가로 여겼기 때문에 위층 침대를 선택했다. 나는 모험을 하고 싶을 때마다 위험한 사다리를 오르내릴 수 있었다.

어머니는 이웃 막사에 든 어느 모녀와 친해졌다. 열여섯 살이나 열일곱 살 정도였던 아름다운 딸은 특히 내 어머니와 더 가까워졌다. 그 소녀가 내 손톱을 깎아 주고 싶어 했는데 위대한 모험가이자 영웅인 나는 쏜살같이 달아났다. 내가 나이가 좀 많았더라면 그녀를 쫓아다니며 애원했을 것이다.

"제발, 오, 제발! 제 손톱을 깎고 싶다면 언제든 깎아 주세요!"

열한 살 때 내가 도망쳐 버린 미인.
라이프하임 난민 수용소, 독일, *1946*

7

라이프하임 난민 수용소에서 우리는 유엔구호재활기구로부터 식
량을 제공받았다. 그중에는 네스카페, 초콜릿, 그리고 스팸이라는
미국의 통조림 햄이 있었다. 투르키스탄에서 배고픔에 굶주리던 나
는 고기를 먹을 수만 있다면 무엇이든 건넸을 것이다. 그러나 독일
에서 스팸을 너무 자주 먹었더니 그만 물리고 말았다.

난민 수용소는 독일 메서슈미트 비행기들을 만들던 옛 공장 근처
에 있었다. 그곳에는 아직도 고장난 비행기 몇 대가 세워져 있었다.
나는 그중 하나에 기어 올라갔다. 비행기 조종석에 앉으니 궁금증
이 밀려왔다. 바르샤바에 있는 우리 아파트 계단을 폭파시킨 게 혹
시 이 비행기는 아닐까? 한때 보란 듯이 날아다니던 이 비행기는 이
제 아무 데도 갈 수 없어 무력하게 땅바닥에 놓여 있었다.

8

귄츠부르크 시는 라이프하임에서 걸어갈 만한 거리에 있었다.

나는 미국 영화를 보려고 그 곳에 자주 갔다. 오래된 중세 성문을 통해 도시로 들어가 중세풍의 집들을 지나던 기억이 지금도 생생하다.

안타깝게도 그 영화관은 내게 별 흥미가 없는 뮤지컬과 코미디만 상영하는 것 같았다. 나는 액션과 모험 영화만 보고 싶었다.

돌이켜보면 끔찍한 전쟁이 끝난 직후라서 극장 측에서 사람들의 기분을 띄워 주려고 가벼운 오락거리들만 상영했던 것 같다.

그해 여름, 나를 비롯해 난민 수용소의 유대인 아이들은 바바리안 알프스로 보내졌다. 우리는 산속에 있는 에탈이라는 작은 마을에 머물렀다.

에탈의 캠프에는 독일인 아이들도 한 무리 있었다. 식사가 나오기를 기다리는 동안 그 아이들은 짧은 노래를 되풀이해서 불렀다.

'비어 라이덴 홍어, 비어 라이덴 홍어. 비어 하벤 도흐, 조 카인 말 니 히트 게합트, 니히트 게합트.'

이디시어는 독일어와 비슷해서, 유대인 아이들은 그 말을 알아들을 수 있었다.

'배고파 죽겠어, 배고파 죽겠어. 이런 적은 처음이야. 이런 적은 처음이야.'

그 애들은 우리와 똑같이 먹고 있었지만 진짜로 배고프다는 게 뭔지 전혀 몰랐을 것이다. 유대인 아이들은 이렇게 불렀을지도 모른다.

'이렇게 좋은 적은 처음이야, 이렇게 좋은 적은 처음이야.'

투르키스탄에서 몇 년 동안 먹었던 것에 비하면 그곳의 음식은 잔치 음식이었다. 예를 들어, 정말 맛있는 미국 음식인 땅콩 버터를

1946년 바바리안 알프스의 에탈에서의 여름 캠프

내가 처음 알게 된 곳이 바로 이
산속 캠프였다. 우리는 땅콩 버터
가 얇게 발린 빵을 받았는데, 좀 더
듬뿍 발린 빵을 받았으면 하는 마
음이 간절했다.

열한 살의 나와 반 친구들,
바바리아, 독일

아버지는 라이프하임 난민 수용소 주민들을 위한 신문을 창간했다. 이디시어를 히브리어 문자로 쓴 것이었다. 나치가 모든 히브리어 활자를 파괴했기 때문에 그 신문은 라틴어 활자를 사용했다. 아버지는 그 신문의 설립자, 편집자, 작가, 예술가이자 만화가였다. 아버지는 신문 이름을 '*아 하임(A Heim)*'이라고 지었는데, 뜻이 두 가지로, '집'과 '집으로'로 번역된다.

아버지는 신문을 만드는 일로 바빴고 나는 우리 막사의 벽을 그림으로 장식하느라 바빴다.

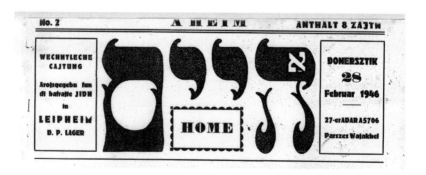

아버지가 디자인한 발행인란이 보이는 신문 1면

아버지가 그린 신문의 캐리커처와 어머니가 조개껍데기로 만든 작은 인물상.
어머니도 예술가였다.

어느 날, 아버지가 만드는 신문의 사진 기자가 나와 내가 그린 그림을 찍기 위해 우리 막사에 들렀다. 그는 내게 마치 지금 그림을 그리고 있는 것처럼, 이층 침대 위에서 그림을 바라보는 자세를 취해 달라고 부탁했다. 진짜 팔레트가 없다 보니 그는 내게 빈 전축판 커버를 팔레트인 척, 잡고 있으라고 했다. 훗날 그 사진을 본 나는 내 모습이 부자연스럽고 어이없다는 생각이 들었다. 그래도 그 사진이 있어서 지나간 그 시절을 기억할 수 있다.

이층 침대 위에서 직접 그린 벽 장식과 함께 있는 나. 라이프하임 난민 캠프, 독일, 1970년

10

라이프하임은 뮌헨에서 그다지 멀지 않다. 어느 날, 우리는 아버지의 사촌인 예술가 폴 퍼칼이 살아 있고, 뮌헨에 잠시 머물고 있다는 소식에 기쁘고 놀라웠다. 그곳에서 그는 오래된 유대교 회당에 장식을 그리고 있었다.

그는 아우슈비츠의 '죽음의 수용소'에서 나치 경비원들에게 초상화를 그려 주며 살아남았다. 우리가 뮌헨에 있는 그를 찾아가자, 그는 나에게 유화 물감 세트를 선물해 주었다. 그 유화 물감 세트는 내 인생의 첫 물감이자 무척 중요한 의미가 있었다. 진정한 전문가에게 이제 막 동료 예술가로 인정받았다는 뜻이니까. 게다가 유화 물감은 색을 낼 때 꽃잎보다 낫다.

아버지의 사촌은 나중에 호주로 이주했고, 너무도 슬프게도 나는 그를 두 번 다시 보지 못했다.

아버지는 언론인으로 일하는 덕분에 동생인 '예히엘'이 현재 파리에 살고 있다는 것을 알아냈다. 그 사실을 알고 우리는 환성을 질렀다. 우리는 전쟁 중 그의 소식을 전혀 듣지 못했다. 그는 제2차 세계대전뿐만 아니라 내가 태어나기도 전에 참전했던 스페인 내전에서도 살아남았다. 그리고 그것이 아버지가 동생에게서 들은 마지막 소식이었다.

아버지가 예히엘 삼촌에게 연락하자, 삼촌은 파리에 있는 자신의 집으로 오라는 편지를 우리에게 보내왔다.

삼촌 이야기를 참 많이도 들었던 나는 얼른 만나고 싶은 마음에 부풀었다.

신문을 발간하던 때의 아버지. 일생에서 가장 행복한 시기였다.

제8장
파리

I

1946년 말이었다.

우리는 독일을 떠나 프랑스로 갔다. 어둠이 내린 뒤, 파리 동역에

도착했다. 예히엘 삼촌은 기차역에서 우리를 기다리고 있었다.

네 형제 중 아버지와 예히엘 삼촌만이 살아남았다. 나머지 두 형제의 이름은 모셸과 헤르쉬였다.

막내인 모셸 삼촌은 바르샤바의 게토(유대인 거주 지역)에서 장티푸스로 죽었고, 헤르쉬 삼촌은 사진처럼 정확한 기억력을 가진 뛰어난 종교학자였다. 그는 지라르두프라는 소도시에 살았다.

독일 나치들은 지라르두프까지 쳐들어와서 헤르쉬 삼촌을 비롯한 모든 유대인 청년들을 체포했다. 독일군들은 순전히 재미삼아 이들에게 지라르두프에서 바르샤바까지 44킬로미터를 달리라고 명령하고는 자기들은 오토바이로 이동했다.

헤르쉬 삼촌이 다른 젊은이들보다 뒤처지자 독일군들은 그에게 총을 쏘았다. 그는 중상을 입고 길가에 쓰러졌다. 며칠 동안 쓰레기처럼 그곳에 팽개쳐져 있던 그를 죽음이 구해 주었다.

우리의 여행은 예히헬 삼촌과 그의 가족이 살고 있는 파리 교외의

레 발레로 가는 열차를 타고 나서야 끝났다.

　레 발레는 파리와 닮은 점이 전혀 없었고 작은 시골 마을이었다.

우리는 삼촌의 아내인 아이다, 그들의 두 어린 딸인 프랑수아즈와 에블린, 그리고 아이다의 두 자매, 실바와 에디스가 있는 집으로 들어갔다. 우리 셋을 더하니 작은 아파트에 모두 아홉 명이 살았다.

프랑스에서의 첫날 저녁은 재회 축하 자리였다. 삼촌이 우리를 맞으러 기차역에 간 동안, 아이다 숙모는 두 자매의 도움으로 훌륭한 식사를 마련해 놓았다. 식사 후에 우리는 너무 흥분해서 잠을 잘 수 없었다. 늦은 시간이긴 했지만 우리는 소련에서 겪은 일을 이야기했다. 그다음에는 삼촌과 그의 가족들이 전쟁 동안 어떻게 살았는지 말할 차례였고, 그날 밤 내내 그런 이야기가 이어졌다.

아버지는 예히엘 삼촌으로부터 부모님의 운명에 대해 들었다.

"전쟁 초만 해도 엽서를 보낼 수 있어서 프랑스에 살던 친척이 그분들과 연락이 닿았어. 그래서 우리 부모님이 바르샤바의 게토에 계신 것을 알아냈지."

그때만 해도 소포를 1킬로그램까지는 보낼 수 있었다. 그래서 작게 나누어서 팔아 식량을 살 수 있도록 차를 1킬로그램 보냈다. 삼촌의 말에 따르면 할머니는 감사 편지를 보냈지만 그것이 마지막 소식이었다고 한다.

파리에 있는 친척은 내 조부모님이 게토에 있던 많은 사람들처럼

고향으로 가는 길에 우리가 멈췄던 곳은 모두 어두웠다.
하지만 파리에 도착하자, 나는 왜 그곳을 빛의 도시라고 부르는지 이해했다.

발진티푸스에 걸렸다는 것을 나중에서야 알게 되었다. 그들이 이른바 '병원'이라는 곳에 갔을 때, 독일 의사들은 치료는커녕 조부모님에게 독극물을 주사했다.

아들인 모셸과 헤르쉬와 마찬가지로 그들의 죽음은 비극이었으나 운이 좋았던 것 같다. 살아남은 게토 사람들은 곧 아우슈비츠에 끌려갔고, 그곳에서 그들을 기다린 죽음은 훨씬 더 끔찍했기 때문이다.

3

다음 날, 예히엘 삼촌은 아버지를 파리 경찰청으로 데려가 등록시켰다. 예히엘 삼촌은 경찰청 최고 책임자를 알고 지냈기 때문에 어렵지 않게 증명서를 받았다. 우리는 이제 합법적인 프랑스 거주자였다.

아버지는 파리 시내에 있는 예히엘 삼촌의 양복점에 일하러 갔다. 어렸을 때 예히엘 삼촌은 늘 형의 주위를 맴돌면서 형이 하는 일을 궁금해 했다. 작은 고무도장을 파고 있는지, 아름다운 히브리어 서예를 하고 있는지, 다양한 주제로 글을 쓰고 있는지, 옷장 안에 숨어서 몰래 전선을 잇고 있는 건 아닌지? 그는 형이 하는 것이면 뭐든 감탄하며 우러러보았다.

그런데 이제 역할이 바뀌었다. 아버지는 동생의 견습생이 되었고, 동생은 형에게 새로운 직업인 재단사가 되는 법을 가르쳤다.

4

예히엘 삼촌은 매우 너그러웠다. 우리가 환영받고 편안하게 지낼 수 있도록 정성을 쏟았다. 삼촌은 나를 아들처럼 대했다.

삼촌은 내가 소련에서 지도를 그렸다는 것을 알고서 큰 지도책을 사 주었다. 내가 우표를 수집했다는 것을 듣고서는 우표 카탈로그를 선물해 주었다. 그림 그리는 것을 무척 좋아한다는 것을 알고서는 팔레트와 붓, 유화 물감을 사 주었는데, 그것들은 작은 이젤로 쓸 수 있는 나무 상자에 들어 있었다.

5

우리가 이곳에 온 지 몇 달 후 어느 날, 나와 부모님의 삶에 큰 변화가 닥쳤다. 오로지 내 탓이었다. 이번에는 우리가 소련 시민권을 거절당했을 때처럼 내 이름 때문이 아니었다. 나의 행동 탓이었다. 아니 그보다는 나의 게으름 탓이라고 하자. 심부름을 안 간다고 했기 때문이었다. 잘했다는 건 아니다. 그러나 이 글은 소설이 아니니 나 자신을 은근히 변호할 수밖에 없다.

그 운명의 날, 나는 거실 바닥에 우표들을 늘어놓고 앉아 있었다. 우표 카탈로그에서 내 우표 몇 종류를 찾아보는 중이었다. 머릿속이 온통 우표로 가득차 있어, 부엌에서 아이다 숙모가 저녁 식사로 준비하던 채소 수프에 무관심했다. 숙모가 나를 불렀다.

"유리야, 이 돈으로 식료품점에 가서 감자와 양파를 더 사다 주겠니?"

전에 여러 번, 나는 그런 심부름을 행복한 마음으로 했다. 하지만 그 순간은 아니었다.

"아니요."

나는 말했다. 그리고 우표에 다시 몰두했다.

그날 낮은 별일 없이 흘러갔다. 다른 일로 번지리라고는 생각하지도 못했다.

틀렸다, 나는!

저녁에 삼촌이 퇴근하자, 아이다 숙모는 내가 심부름을 안 가겠다고 했다고 말했다. 앙갚음은 매우 빨랐다. 삼촌은 내게 준 선물을 즉각 내놓으라고 요구했다. 나는 지도책, 우표 카탈로그, 유화 물감 상자를 돌려주었다.

돌이켜 보면 그 심부름을 했어야 했다. 하지만 이미 엎지른 물이었다. 그래도 어린 마음에 어떻게 삼촌이 선물을 도로 가져갈 수 있느냐고 원망하며 무척 속상했다. 도저히 있을 수 없는 일이라고 여겼다. 그러나 이제 삼촌의 선물은 오롯이 내 것이 아니라 언제든 삼촌 마음대로 도로 가져갈 수 있는 조건부 선물인 것 같았다.

나의 거절은 가족에게 분란을 일으켰다. 그 당시 내가 보기에, 어쩌면 내 오해일 수도 있지만 부모님과 예히엘 삼촌네는 약간 서먹서먹했다.

어쨌든 부모님은 두 가지 결정을 내렸다. 첫째, 나는 집을 떠나야 한다. 둘째, 자신들은 파리에 따로 살 아파트를 구해야 한다.

그래서 부모님은 내가 들어갈 만한 학교를 수소문했다. 지인들은 파리 외곽의 작은 마을에 있는 학교와 기숙사를 적극 추천했다. 그곳은 엄격한 종교 학교였다. 그 지인들이 부모님에게 그곳이 어떤 곳이라고 제대로 설명했는지는 잘 모르겠다.

6

내가 그 학교에서 얼마나 버텼는지 기억나지 않는다. 몇 주든 몇 달이든 그곳에 있었던 시간이 너무 길었다. 기도는 온종일 계속되었다. 아니, 그렇게 느낀 건 내 기분 탓이었을 것이다. 그 시간에 그림을 그리고 싶었을 테니까 말이다.

새벽에 눈을 뜨면 살아서 일어나게 해 주었다는 이유로 하느님께 감사 기도를 올려야 했다. 자기 전에 하는 저녁 기도의 내용은 기억나지 않는다. 그러나 자기 전에도 분명 그런 기도를 해야 했을 것이다. 낮에 해야 하는 기도들도 있었다. 아마 어떤 기도는 다른 아이들에게는 짧게 느껴졌겠지만 내겐 기도들이 늘 너무 길게 느껴졌다.

아주 작은 글자로 된 옛 경전과 극히 작은 글자로 쓰인 주석도 공부해야 했다. 그 결과, 눈이 쉽게 피로해지고 긴장성 두통이 생겼다. 종교학자의 엄격한 삶은 내게 정말 어울리지 않았다.

재미있는 것은 어디 있었을까? 내가 그리기 좋아하는 재미있는 인물들은 어디 있었을까? 만화책과 모험 이야기는? 칼싸움 액션 영

290   Chance 우연

화는? 어느 것도 이 학교의 교문을 통과할 수 없었다.

나는 행복하지 않았다. 아니, 비참했다.

그러고 나서 나는 병에 걸렸다.

나는 아버지가 내 생일에 학교로 찾아왔다는 것을 나중에야 알았다. 아버지는 파리에서 열차를 타고 선물을 들고 나를 보러 왔다.

그곳에 도착하자 교장이 말했다.

"아드님은 여기 없습니다."

아버지는 깜짝 놀랐다.

"제 아들은 어디 있습니까?"

"파리요."

"파리요? 파리에는 왜요?"

"파리 어린이 병원에 있습니다."

교장의 말에 아버지는 불안해졌다.

"뭐라고요? 대체 왜 알려 주시지 않았나요? 아이에게 무슨 일이 생겼던 겁니까?"

침묵.

"무슨 일이냐고요!" 아버지가 목소리를 높였다.

마침내 교장은 흠흠거리더니 머뭇머뭇 설명했다.

"아드님은, 음, 음, 인후염에 걸렸고, 음, 음, 열도 높습니다."

그는 얼른 아버지를 안심시켰다.

"아, 걱정하실 것은 전혀 없습니다. 우리가 브루클린의 훌륭한 랍비에게 아드님을 위해 기도해 달라고 연락해 놓았으니까요."

이런 행운이! 브루클린의 훌륭한 랍비가 나를 위해 기도를 해 줄 거라니!

걱정에 휩싸인 아버지는 기차역으로 급히 가서 파리행 열차를 탔다. 파리역에 내려서는 곧장 택시를 잡아 타고 어린이 병원으로 향했다. 아버지는 아들이 병원의 감염병 격리 병동에 있다는 이야기를 들었다.

아들의 병실에는 들어갈 수 없었다. 유리 칸막이를 통해서만 아들을 볼 수 있었다. 아버지는 오싹한 광경을 보았다. 내가 의식을 잃은 채 옆으로 누워 있었던 것이다. 아버지는 말문이 막힌 채 꼼짝 않고 서 있었다.

얼마 후, 의사가 와서 내 상태에 대해 설명했다.

"아드님은 고열로 위험한 데다 심각한 상태로 병원에 실려 왔습니다. 디프테리아와 성홍열에 걸렸어요. 필요한 처치는 모두 했습

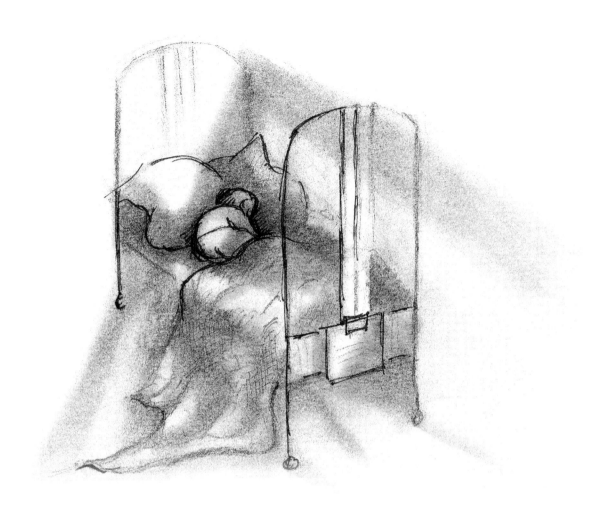

니다. 오늘 밤이 고비입니다. 오늘 밤만 넘기면 살아날 가능성이 있

습니다."

　옆방에는 뺨이 발그레한 소년이 있었는데 아버지의 눈에는 별로

아파 보이지 않았다.

8

아버지는 파리 대로를 걸으며 마음을 가라앉히고, 어머니에게 그 소식을 어떻게 전해야 할지 고민했다. 아버지의 얼굴을 보자마자 어머니는 뭔가 잘못됐다는 사실을 알아차릴 것이다. 그래서 아버지는 동생 예히엘에게 전화를 걸어 파리에서 하룻밤 자고 간다고 어머니에게 전해 달라고 부탁했다. 그때까지 구하지 못한 아파트를 찾아본다는 핑계를 댔다.

그러고 나서 아버지는 지칠 때까지 오랫동안 거리를 걷다가 하룻밤 묵을 값싼 호텔을 찾아냈다. 너무도 피곤했지만 잠을 이루기 힘들었고 걱정에 뒤척이다 아침을 맞았다.

다음 날 아침 일찍, 아버지는 레 발레로 돌아가는 열차를 탔다. 집에 도착해서는 어머니에게 내가 인후염으로 병원에 있다고 매우 조심스럽게 설명했다. 다른 아이들에게 옮기면 안되니까 지금 학교가 아니라 병원에 있는 거라고 말이다.

그날 오후에 부모님은 병원에 왔다. 내 병동으로 올라오는 길에 부모님은 복도에 매트리스가 세워진 빈 방을 지나갔다. 아버지는 어머니에게 환자가 사망해서 병원 측에서 매트리스를 처리하고 있는 거라고 설명했다.

감염병 격리 병동에 도착했을 때 어머니는 멀리서 매트리스가 복도 벽에 기대어 있는 것을 보았다. 어머니는 칼에 푹 찔린 듯이 날카로운 고통을 느끼며 생각했다. 유리가 죽었구나. 아버지도 같은 생각을 했다. 병실에 가까이 갔을 때, 아버지는 뺨이 발그레한 어린 소년이 있던 내 옆 병실이 텅 빈 것을 보았다. 그 아이가 간밤에 죽은 것이다.

부모님은 내 병실로 와서 유리 칸막이 안쪽을 들여다보았다. 나는 여전히 그곳에 누워 반쯤 의식을 잃고 벽을 바라보며 헛소리를 중얼거리고 있었다. 이 모든 것을 나중에 부모님에게 들었다.

부모님은 병실에 날마다 찾아왔다. 내 상태는 매우 느릿느릿 나아졌다. 오랜 병원 생활을 하는 동안 나는 감자 퓨레만 먹을 수 있었다. 기적의 신약도 처방받았다. 페니실린이었다.

한 번은 어머니가 예히엘 삼촌이 내게서 도로 가져간 선물들을 다시 주고 싶어 한다는 말을 했다. 나는 거절했다. 내게도 원칙은 있었다.

어머니는 올 때마다 그 선물들을 다시 받으라고 간청했다. 나는 계속 거절했다. 한 번은 내가 선물을 돌려받기를 삼촌이 얼마나 원하는지, 삼촌이 얼마나 미안해 하고 있는지 어머니가 알려 주었다. 나는 마침내 마음이 누그러져서 그것들을 다시 받았다. 삼촌은 다시는 내게 준 선물을 도로 가져가지 않았다.

그 유화 물감은 오래전에 다 썼지만 나무 상자는 아직도 가지고 있다.

독자 여러분, 무엇이 제 목숨을 구했을까요? 브루클린의 훌륭한 랍비의 기도일까요, 감자 퓨레와 페니실린이라는 기적의 신약이었을까요? 맞혀 보세요.

9

나는 내가 태어난 달인 2월에 병원에 실려 왔다. 땅은 아직 눈으로 희끗희끗했고 나무들은 헐벗은 상태였다. 내가 퇴원할 때 나무에는 이미 연녹색 잎들이 돋아나고 있었다. 봄이 오고 있었다. 병원에 있는 동안 나는 프랑스어를 배웠다.

나는 종교 학교로도, 레 발레로도 돌아가지 않았다. 내가 없는 동안 부모님은 파리에 아파트를 구했다.

새 아파트는 파리 북역 근처의 노동자 계층 지역에 있었다. 작은 방 두 개와 작은 부엌이 있는 곳이었다. 화장실은 복도에 있는데, 두 층이 함께 쓰게 되어 있었다. 파리식 쪼그려 앉는 화장실이었다. 앉을 곳은 없이 구멍만 있고 양쪽에는 발 디딤대가 있었다.

아파트에는 샤워 시설이 없었다. 그래서 우리는 동네의 공공 샤워장에 가서 극장에서처럼 표를 샀다. 겨울에는 난방을 위해 석탄을 땠다. 아주 편안한 생활은 절대 아니었지만 그곳은 우리 집이었고, 그래서 우리는 만족스러웠다.

이웃 사람 중 한 명이 나를 볼 때마다 어머니에게 이렇게 말하곤 했다.

"오, 르 뽀부르 쁘띠, 꿍비앙 일 라 수페(오, 가여운 꼬마 같으니. 얼마나 고생을 했으면)."

10

그 당시 프랑스에서는 공산주의가 인기였다. 아버지의 표현에 따르면, 우리는 '탁상공론이나 하는 공산주의자들'을 많이 만났다. 그들은 부모님에게 소련 정권의 축복에 대해 연설하는 부유한 사람들이었다. 자신들이 무슨 이야기를 하고 있는지 전혀 모르면서 소련에서 돌아온 사람들에게까지 연설을 늘어놓았던 것이다.

우리에게는 그런 환상이 없었다. 우리는 소련에서의 환대에 감사했다. 우리 목숨을 살려 주었으니까. 그러나 소련 정권 아래에서 살고 싶은 마음은 전혀 없었다.

나는 우리 동네에 있는 프랑스 공립 학교에 다녔다. 선생님은 출석을 부르다가 내 이름을 부를 때쯤 멈칫하고 머뭇거리다가 다시 잠깐 멈칫하곤 했다. 마치 중요한 일을 하기 위해 기운을 모으듯 말이다. 나는 선생님이 폴란드식으로 S-Z-U-L-E-W-I-C-Z라고 쓴 내 이름을 발음하려고 애쓰고 있다는 것을 알았다. 마침내 선생님은 내 이름과 비스름하게 "S-zu-lay-vyez(스-주-레-뷔에)"라고 불쑥 말했다.

반 아이들에게 나는 '뽀부르 쁘띠(가엾은 꼬마)'가 아니었다. 내 이름을 부르는 아이들은 선생님이 겪었던 어려움을 전혀 겪지 않았다. 아이들은 간단히 해결했다. 나를 '쌀 레트랑제(sale étranger, 더러운 외국인)'라고 불렀던 것이다.

가끔 파리를 벗어나 다른 동네에 가면 그 동네 아이들이 나를 '쌀 빠리고(sale Parigot)'라고 불렀다. '더러운 파리 사람'이란 속어였다. 그래서 파리를 벗어난 곳에서만 나는 파리 사람이 되었다. 순결한 파리 사람이 아니라 더러운 파리 사람이긴 했지만 어쨌든 파리 사람이긴 했다. 내가 파리를 벗어나야 파리 사람이 된다니, 참 재미있는 모순이 아닌가?

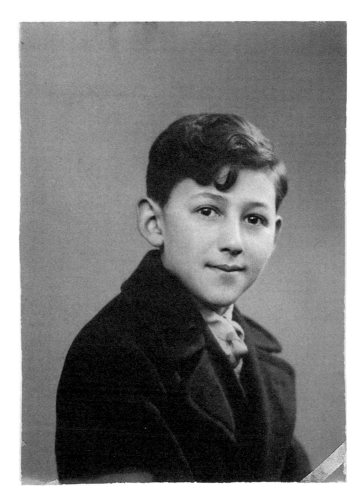

파리에서, 열두 살의 나

12

수업 시간에 우리는 공책의 과목 구분용 삽지에 장식 테두리를 그려야 했다. 곧 내가 우리 반에서 그림을 제일 잘 그린다는 소문이 났다. 그래서 '더러운 외국인'이라는 나의 신분은 잠시 유예되었고, 반 아이들은 나에게 테두리를 그려 달라고 요청하기 시작했다.

한동안 나는 순순히 테두리를 그려 주었다. 나를 '보호'해 주던 힘센 아이에게도 그려 주었는데, 그 애는 나를 자기 아버지의 신문 가게로 데려가서 만화책을 사지 않고도 읽을 수 있게 해 주었다. 사실 만화책을 살 돈도 없긴 했다.

모든 아이들을 위해 테두리를 그리자니 꽤 바빠서 막상 내 것을 그릴 틈이 없었다. 결국 나는 다른 아이들의 요청을 거절했다. 그 결과 나는 다시 '쌀 레트랑제'가 되었고, 쉬는 시간에 권투 시합에 끌려나가기 시작했다.

나는 연필로 그림을 그리는 실력은 좋았지만 권투 실력은 영 아니었다. 어쩌다 보니 나보다 권투를 훨씬 못하는 아이를 이긴 적도 있다. 물론 그런 행운은 더 이상 없었다. 져도 심하게 졌다. 코피가 나고 코뼈까지 부러졌다.

나는 어떻게 해서든 권투 기술을 배우고 싶었다. 그러나 도와줄 사람이 없었다. 아버지는 권투에 대해 아는 게 전혀 없었다. 남자 친척들도 마찬가지였다. 내가 자라 온 세상에서는 싸움의 기술(주먹질)은 신에게 받은 선물이었다. 있거나 없거나 둘 중 하나.

다행히 주먹 싸움은 선생님이 에드거 앨런 포(Edgar Allan Poe)의 단편인 《모르그 가의 살인》을 읽어 주었을 때 잠시 멈추었다. 에드거 앨런 포를 숭상하는 프랑스 시인 샤를 보들레르(Charles-Pierre Baudelaire)가 번역한 그 이야기를 들으면서 우리는 경악한 나머지 침묵을 지키며 앉아 있었다.

13

나는 파리 구의 모든 학교가 참가하는 미술 대회에 학교 대표로 나가게 되었다. 그림을 그릴 때는 물고기가 물을 만난 것 같았다. 그림 그리는 건 여전히 즐거웠다. 나는 연필을 잡고 내가 누워 있던 아기 침대 근처의 벽을 낙서로 장식할 수 있던 때부터 일생 그림을 그렸다.

대회에서 종이와 연필, 물감을 받았다. 그림의 주제는 거리에서 신문을 파는 아이의 모습을 그리는 것이었다. 나는 정성껏 그린 뒤, 미술 선생님에게 제출하고 집으로 갔다.

학교로 돌아온 뒤 나중에 내가 1등을 했다는 소식을 들었다. 미술로 받은 첫 영예였다. 나는 권투로는 패자였지만 그림이라면 승자였다. 상품은 《걸리버 여행기》 어린이판이었다. 망토 자락을 휘날리며 칼싸움을 하는 액션 이야기나 만화책이라면 훨씬 더 행복했을 것이다. 그런데 《걸리버 여행기》 어린이판이라고? 맙소사……. 나는 200프랑이 든 예금 통장도 받았다.

당시 200프랑은 큰돈이 아니었다. 거의 50년 뒤, 그 통장을 발견하고 상금을 찾으려고 은행에 가지고 갔다. 이자가 쌓였을 테니 200프랑보다 꽤 불었으리라는 기대감에 부풀었다.

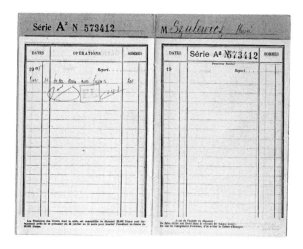

미술 대회 1등 상으로 받은 예금 통장

통장을 직원에게 건네자 이런 말이 돌아왔다.

"죄송합니다만 이 통장은 오래전에 만료되었습니다. 너무 늦게 오셨네요."

그리하여 내게는 아름다운 손글씨로 쓰인, 그러나 아무 가치도 없는 작은 통장만이 남았다.

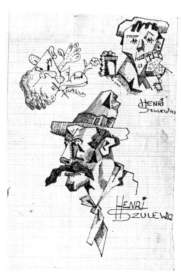

파리에서 지낼 때 그린 그림의 일부. 학교에서 프랑스식 이름인 '앙리'를 썼고,
성의 철자는 폴란드식을 따랐다.

전쟁에서 후유증 없이 살아남을 수는 없다. X-레이는 내 폐의 결절들을 보여 주었다. 나는 요양원에 가야 할 정도로 아픈 건 아니었지만 폐 문제를 무시할 만큼 건강하지도 않았다.

나는 남쪽의 예방 요양원으로 보내졌다. 요양원은 뽀 시와 스페인 국경에서 멀지 않은 프랑스 피레네 산맥의 젤로라는 작은 마을 근처에 있었다. 그곳은 나와 비슷한 건강 문제가 있는 유대인 아이들을 위한 곳이었다.

나는 반 년 동안 그곳에 머물렀다. 그곳에서의 경험은 다른 보육원들에서 겪은 것과 달랐다. 나는 다른 아이들과 직원들이 좋았다. 한마디로 행복했다.

그곳에서 지내는 동안 프랑스어 실력이 늘었다. 프랑스 민요를 많이 배웠다. 오랜 세월이 흐른 뒤, 나는 그 노래 중 하나로 《월요일 아침에》라는 그림책을 만들었다.

당시 나는 프랑스 책을 많이 읽었는데 그중에는 프랑스의 젊은

이들에게 인기 높은 잭 런던(Jack London)의 《흰 송곳니》와 《야성의 부름》 번역본도 있었다.

폐 결절들이 석회화된 뒤, 나는 예방 요양원을 떠났다. 나는 지금도 그 결절들과 함께 살고 있다.

열두 살 때, 남프랑스, 뽀 근처의 예방 요양원에서

파리로 돌아와 나는 다시 프랑스 학교에 다녔다. 당시 나는 연재 만화에 미쳐 있었다. 좋아하는 주간지인 〈용감한 수탉(*Cop Hardi*)〉과, 거기 매주 실리는 해적에 대한 그래픽 소설인 《유령 선장(*Le Capit- aine*)》을 기다렸다.

나는 내 나름대로 해적 만화를 그렸다. 반 친구인 로저가 내 그림에 딸린 글을 썼는데, 나보다 필체가 좋기도 했지만 프랑스어도 잘했기 때문이다.

한창 내 그림에 대한 자신감이 충만했던 시절이라 나는 내 걸작을 출판해 볼 만하다고 생각했다. 당시 나에게 그 그림은 자식과도 같았다. 로저와 나는 파리 끝자락에 있는 〈용감한 수탉〉의 편집 사무실까지 힘들게 찾아갔다.

편집자인 마리작 씨가 우리의 작품을 잠깐 살펴보았다. '이런, 또 애송이네…….'라고 생각했으려나? 잘 모르겠다. 처음에 그는 아무 말도 하지 않았기 때문이다.

내가 그린 해적 만화는 잃어버렸다. 하지만 이것은 내가 열세 살 때, 루이 페르고드(*Louis Pergaud*)의 <단추 전쟁(*The War of the Buttons*)>으로 그래픽 소설을 시도해 본 것이다.

대신 그는 백지를 꺼내 만년필을 쥐더니 해적을 그렸다. 그는 내게 자신이 그린 그림을 보여 주며 말했다.

"해적을 이렇게 그려 보렴."

그러고는 그 그림을 내게 주었다.

다른 아이라면 거장의 그림을 받고 행복했을지도 모른다. 나는 그렇지 않았다. 나는 한마디도 하지 않았고, 로저와 함께 그곳을 빠져나왔다. 나는 그 그림도, 거절당한 내 걸작도 모두 가지고 나왔다.

나는 매우 실망했고 화가 치밀었다. 고작 해적 그리는 법을 배우자고 그곳까지 먼 길을 갔던 건 아니었다. 몇 달 뒤 나는 그 편집자가 준 그림을 찢어 버렸다.

로저와의 공동 작업은 그리 오래가지 않았다. 나는 그 애가 공동 작업자이면서 친구이기를 바랐다. 그러나 반 아이들이 또다시 나를 따돌렸을 때 로저도 그 무리에 끼어 있는 것을 보고 나는 매우 실망했다.

나는 또래 친구를 원했다. 로저 같은 친구 말고 진정한 친구 말이다. 진정한 친구를 가질 수 없다면 차라리 혼자인 게 나았다. 그래서 나는 혼자가 되었다.

하지만 그 시간이 오래 가지는 않았다. 곧 나는 새로운 친구들을 사귀었다. 이제 혼자 있으니 시간이 더 많았고, 그래서 틈만 나면 책을 읽었다. 특히 알렉상드르 뒤마(Alexandre Dumas)의 책들을 많이 읽었다. 액션, 드라마, 그리고 흥미진진한 역사 소설들이었다.

나는 그가 쓴 많은 책을 읽었고, 그의 소설 대부분이 대여섯 권짜리라 결국 수천 페이지를 읽었다. 덕분에 나는 오랫동안 즐거움을 누렸다. 이렇게 무슈(프랑스어로 남성을 부르는 높임말이다. –옮긴이) 뒤마는 내 친구가 되었다.

솔직히 그는 전혀 몰랐겠지만 나는 아무 상관없었다. 알렉상드르 뒤마가 마음속 친구이니 그걸로 충분했다.

그 무렵, 나는 작은 공책에 읽은 책들을 기록하기 시작했다. 작가들과 그들의 책에 대해 기록한 일종의 개인 백과사전이었다.

첫 번째 작가는 물론 무슈 뒤마였다. 나는 그의 초상화를 그렸고, 그가 언제 어디서 태어났는지와 그의 책들 일부의 제목을 적었다. 머지않아 그 공책은 내 친구 목록이 되었다.

알렉상드르 뒤마는 프랑스 역사를 바탕으로 한 이야기를 통해 나를 매혹적인 여행으로 안내했다. 나는 그의 책에서 다르타냥과 《삼총사》 친구들인 아토스, 포르토스, 그리고 아라미스를 만났다. 엘리트 왕실 호위병인 그들은 재상인 리슐리외 추기경의 음모로부터 왕

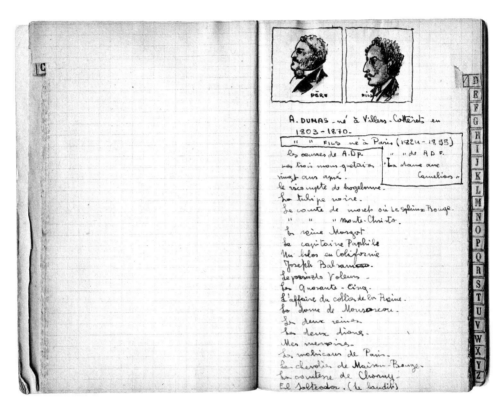

알렉상드르 뒤마와 그의 극작가 아들인 알렉상드르 뒤마 피스에 대한 공책의 항목

과 왕비를 지킨다.

나중에 알게 되었지만 다르타냥과 그의 친구들은 400년 전 실제 인물들이 모델이었다. 실제로 다르타냥은 평생 왕을 지성껏 섬겼다.

뒤마의 책들을 통해 계속 여행하던 나는 신비로운 인물인 알레산드로 칼리오스트로 백작을 만났다. 실제로 백작이었는지 아니었는지 불분명한 그는 많은 주장을 했다.

나이가 이천 살이고, 마법의 힘을 가졌으며, 이집트에서 납을 금으로 바꾸는 기술인 연금술을 공부했다는 것이다. 파리에서 그가 마법으로 물병 안에 마리 앙투아네트 여왕의 환영을 만들어 냈다는 소문이 퍼지며 돌풍을 일으켰다.

내 친구 목록에 백작을 넣지는 않았지만 결코 잊을 수 없는 인물이다.

그다음에 뒤마는 내게 몬테 크리스토 백작이 된 에드몽 당테스를 소개해 주었다.

에드몽 당테스가 최연소 선장이 되고 연인과 결혼을 앞두고 있을 때, 그의 인생에서 가장 행복한 날은 인생 최악의 날로 변했다.

그는 부당한 처벌을 받고 악명 높은 요새 감옥인 샤토 디프(이프 성)의 지하 감방에 던져졌다. 지중해의 위험한 조류에 둘러싸인, 바위투성이 작은 섬 위에 세워진 그 감옥에서 탈출한 사람은 아무도 없었다. 당테스는 어떻게 그런 무덤에서 탈출해서 몬테 크리스토 백작이 될 수 있었을까?

이런 이야기들을 보면 내가 알렉상드르 뒤마의 매혹적인 이야기에 홀리지 않는 게 더 이상하지 않은가?

뒤마는 책을 많이 썼지만 얼마 지나지 않아 나는 그의 작품을 모두 읽었다. 그사이 나는 칼싸움 액션 소설을 쓴 작가들을 더 찾아냈다. 그중 하나가 폴 페발(Paul Féval)이었다. 그 덕분에 나는 또 다른 신나는 인물을 만났다. 무적의 비밀 검법을 가진 독보적인 검술의 달인인 슈발리에 드 라가르데르였다. 악당들아! 조심해! 라가르데르가 온다!

오, 내가 권투 펀치 비법을 알았으면 얼마나 좋았을까. 그런 비법이 있었다면 내게 적대적인 반 아이들에게 도전했을 것이다. 자, 와 봐. 한번 붙어 보자고!

나는 내 친구 목록에 폴 페발을 추가했다. 그리고 아직 내가 읽지 않은 책의 작가들도 공책에 적었다. 그들은 내 친구가 되기를 기다리는 후보들이었다. 이래도 내가 외로웠을까?

마지막 친구는 나를 결코 배신한 적이 없었던 가장 충실한 친구인 그림이다. 그림은 내가 현실 세계나 환상 세계를, 재미난 인물이나 슬픈 인물, 어린 인물, 늙은 인물을, 거리나 도시, 산이나 바다를 창조할 수 있게 해 주었다. 그런 세상을 만들 수 있는데 어떻게 외로울 수 있겠는가?

16

영화에 대해서라면 나는 마음이 매우 넓었다. 난 모든 영화를 사랑했다. 칼잡이, 해적, 카우보이, 또는 스파이 액션이 나오는 영화라면. 물론 배우들이 말 대신 노래로 시작하지 않는다면 말이다.

당시 나는 노래하는 인물들을 못 견뎌 했다. 나는 그들이 자기들의 시간과 내 시간을 낭비하고 있다고 생각했다. 노래 대신 모험을 하며 활극을 벌일 수도 있었을 텐데 말이다. 하지만 이제는 그들이 마음껏 노래해도 된다.

텔레비전이란 건 세상에 없을 때였다. 나는 영화관에서 상영해주는 것에 의존했다. 정기적으로 용돈을 받는 건 아니어서 영화를 볼 수 있는 돈이 생기면 제일 먼저 마음에 드는 영화부터 찾았다.

만약 마음에 드는 영화를 못 찾으면 나는 찰리 채플린(Charles Chaplin)의 코미디 무성 영화나 〈홀쭉이와 뚱뚱이〉와 같은 유성 영화들을 보곤 했다.

나는 수백 블록을 걸으며 모든 영화관을 확인하고 차양 밑의 포스터와 스틸 사진을 꼼꼼히 살펴보았다. 마침내 볼 영화를 정하면 같은 영화를 서너 번은 보았다. 되도록 오래 그 맛을 즐기고 싶었고 무엇보다도 영화가 실제보다 더 길었다고 상상하고 싶어서였다.

어느 날, 보고 싶은 영화를 찾느라 오랫동안 걷고 나니 피곤해졌다. 그 순간 나는 치명적인 실수를 하고 말았다. 2프랑이라는 돈을 영화표를 사는 데 투자한 것이다. 내가 보려는 영화에 대한 희망과 확신이 있었다. 그러나 어쩌면 그토록 실망스러웠는지! 마르크스 형제(미국의 가족 코미디 예능 단체로 장편극 영화 13편에 출연했다. –옮긴이)들이 삼총사를 웃음거리로 만드는 내용이었다. 내 친구인 삼총사들을! 나는 그것을 나에 대한 공격으로 받아들였다.

그래도 내가 고른 영화들은 대부분 재미있었다. 낮에 영화관에 들어가면 나올 때쯤에는 어두워져 있었다. 휘황찬란한 파리 불빛들이 춤을 추는 가운데 나는 빙글빙글 도는 머리로 행복하게 집으로 걸어갔다.

열세 살 때 그린 공상과학 시퀀스(연속 그림)

17

나는 센 강변을 따라 책방 좌판들이 늘어선 곳을 어슬렁거리는 게

가장 좋았다. 부두를 따라 걸어 올라갔다 내려가며 책들을 구경하곤 했다.

어떤 책방 주인들은 프랑스 대혁명 때의 동전들을 팔았다. 로베스피에르의 주도로 단두대로 끌려가기 전이라, 아직 머리가 달려 있는 루이 16세가 새겨진 동전이었다.

주머니에 몇 프랑이 있는 행복한 때면 나는 책이나 오래된 동전 몇 개를 사곤 했다.

책방 좌판들을 따라 하도 자주 오가다 보니 책방 주인들을 많이 알게 되었고 그들도 나를 알게 되었다. 우리는 오래 알고 지낸 사이처럼 인사를 나누었다.

"봉주르, 무슈(안녕하세요, 아저씨)."

"봉주르, 주놈므(안녕, 얘야)."

18

부모님과 나는 1946~1949년까지 2년 반 동안 거의 프랑스 파리에서 살았다. 1949년에 나는 열네 살이었고 이스라엘이 건국된 지 1년 되었다. 아버지는 되도록 빨리 이스라엘로 이주하고 싶어 했다. 하지만 어머니는 우리가 파리에서 더 살기를 바랐다.

어머니는 아버지에게 간청했다.

"뭐하러 그렇게 빨리 가요? 새로 세워져서 식량도 집도 부족하다 잖아요. 여기 파리에서는 집도 있고, 당신은 일자리도 있는데 이곳에 더 살면서 좀 편안히 있다 가요. 그렇게 옮겨 다니며 먹을 것도 제대로 없이 고생했는데, 왜 그렇게 서둘러요?"

어머니의 주장은 앞뒤가 꼭 맞았다. 하지만 아버지는 우겼다.

"더 있자고? 내가 늙은 다음에나 가려고? 그럼 너무 늦어. 안 돼! 지금 갑시다."

파리에서의 경험은 큰 의미가 있었고 나는 그것에 감사했다. 그러나 나는 '더러운 외국인'이라고 불리며 늘 환영받지 못한 기분이었다. 그래서 나는 프랑스를 떠나 이스라엘로 가자고 아버지 편을 들었다. 어머니는 머릿수에서 밀렸다.

1949년 8월, 우리는 이스라엘로 이주했다. 나는 이스라엘에서 10년 동안 행복하게 살았다. 그곳에서 미술을 공부한 후, 외국에 나가 공부를 계속하고 싶었다. 나에게 미국이라는 곳은 꿈과 영화의 땅이었다. 그러니 미국에 사는 사촌들이 내게 미술 공부를 하러 뉴욕으로 오라고 초청한 것을 절대 거절할 수 없었다. 그래서 놀랍게도 나는 1959년에 뉴욕으로 갔다. 스물네 살 때였다.

처음에 나는 계속 그곳에서 지낼 계획은 아니었다. 하지만 인생은 다른 계획들을 마련해 두었다.

이제 나는 나이가 꽤 들었고 아직도 이곳, 뉴욕에 살고 있다. 오랜 여행은 끝나고 나는 이제 내 책 속에서만 여행을 한다.

전쟁이 끝난 후, 이스라엘에서의 어머니

닫는 말

아버지는 그의 인생 마지막 10년에 접어들 때, 컴퓨터 사용법을 독학했다. 그러고 나서 전쟁 당시의 기억들을 기록하기 시작했다.

아버지는 그 글을 인쇄해 약 여섯 권 정도의 얇은 책으로 묶고, 제목을 《그곳으로 가는 길, 돌아오는 길》로 지었다. 인생의 저물녘에 가까워진 아버지가 이렇게 노력하는 모습에 정말 감사드린다. 아버지의 이야기는 내 기억과 합쳐져 이 책의 바탕이 되었다.

나는 기억력이 꽤 좋은 편이고 80년 전에 일어났던 일을 아직도 얼마나 많이 기억하는지 스스로에게 놀라지만 그래도 자연스럽게 잊은 것들도 많다. 아버지의 책은 내 기억에 없는 것과 내가 현장에 없었던 사건, 이를테면 폴란드인 대령과의 일 같은 것을 시시콜콜하게 알려 주는 매우 귀중한 자료였다.

아버지의 기억 중에는 나도 잘 아는 것들도 있다. 아버지가 어머니와 내게 그 이야기를 해 주었기 때문이다. 나는 심지어 아버지가 잊었을지도 모를 세세한 것들도 기억한다. 잠불에서 레닌의 사진이 실려 있는 작은 책자를 산 것 같은 일화는 내게 매우 중요하게 와 닿았기 때문이다. 그리고 파리의 병원에서 의식을 잃고 있었을 때처럼 내가 현장에 있었지만 아무것도 기억할 수 없었던 사건도 있었다.

내 아내 폴라 브라운에게 감사드린다. 몇몇 기억들을 다시 이야기할 때마다 아내는 나에게 계속 캐물어서, 내가 더 깊이 파고들어 기억을 더 생생하게 떠올릴 수 있게 도와주었다.

오랫동안 함께해 준 전 편집자 마가렛 퍼거슨에게 감사드린다. 우리는 내 어린 시절의 기억을 바탕으로 한 그림책인 《내가 만난 꿈의 지도》와 《나는 작은 배의 용감한 선장》을 함께 만들었는데, 그 덕분에 이 책까지 인연을 이어갈 수 있었다.

디자이너 아람 김과 존 데일리, 교열 담당자 카렌 셔먼, 제작 편집자 앨리슨 플로리다, 내 오랜 친구이자 제작부의 파트너인 수잔 도란, 그리고 FSG 팀의 다른 분들에게도 감사드린다.

마지막으로 내 편집자 웨슬리 아담스에게 감사드린다. 그간의 노고와 성실함에 감사드리며, 이 책을 최고의 책으로 만드는 데 중요한 역할을 해 준 데 감사의 뜻을 전한다.

유리 슐레비츠는 1935년 폴란드에서 태어났다. 유태인인 그의 가족은 그가 네 살이 되던 해부터 제2차 세계대전의 포화에 휩싸인 조국을 탈출하여 유럽 여기저기를 떠돌았다. 서점에서 그림책을 넘겨보는 것이 유일한 낙이었던 유랑살이는 어린 슐레비츠의 예술적 감성에 커다란 영향을 끼쳤다. 그는 1959년에 뉴욕으로 이주하여 미술 수업을 받기 시작했고, 이때부터 예술적인 재능을 꽃피워 1968년에 《세상에 둘도 없는 바보와 하늘을 나는 배》로 칼데콧 상을 수상했다. 그 외 작품으로 《새벽》, 《비 오는 날》, 《내가 만난 꿈의 지도》, 《보물》, 《비밀의 방》 등이 있다.

서남희는 서강대학교에서 역사와 영문학을, 대학원에서 서양사를 공부했다. 옮긴 책으로 《내 모자 어디 갔을까?》, 《이건 내 모자가 아니야》, 《세모》, 《네모》, 《동그라미》, 《로보베이비》, 《그림책의 모든 것》 등이 있다.

부모님을 기리며

Chance 우연 그림책 작가, 유리 슐레비츠의 홀로코스트 생존 이야기

초판 1쇄 인쇄일 2022년 3월 8일
초판 1쇄 발행일 2022년 3월 25일

지은이 유리 슐레비츠 **옮긴이** 서남희
발행인 박헌용, 윤호권 **편집** 강유정(이효원) **디자인** 박준렬, 변수연
발행처 ㈜시공사 **주소** 서울시 성동구 상원1길 22, 6-8층 (우편번호 04779)
대표전화 02-3486-6877 **팩스(주문)** 02-585-1247
홈페이지 www.sigongsa.com / www.sigongjunior.com

CHANCE
Copyright ⓒ 2020 by Uri Shulevitz
All rights reserved.
Korean translation copyright ⓒ 2022 by Sigongsa Co., Ltd.
This Korean edition was published by arrangement with Farrar Straus Giroux Books for Young Readers, an imprint of Macmillan Publishing Group, LLC.

이 책은 ㈜한국저작권센터(KCC)를 통해 저작권자와 독점 계약한 ㈜시공사에서 출간되었습니다.
저작권법에 의해 한국 내에서 보호받는 저작물이므로, 무단 전재와 무단 복제를 금합니다.

ISBN 979-11-6579-917-5 03840

*시공사는 시공간을 넘는 무한한 콘텐츠 세상을 만듭니다.
*시공사는 더 나은 내일을 함께 만들 여러분의 소중한 의견을 기다립니다.
*잘못 만들어진 책은 구입하신 곳에서 바꾸어 드립니다.